Lacci

Domenico Starnone

靴ひも

ドメニコ・スタルノーネ
関口英子 訳

CREST BOOKS
Shinchosha

靴ひも

LACCI
by
Domenico Starnone

Illustration by Mayumi Tsuzuki
Design by Shinchosha Book Design Division

第一の書

第一章

I

もしも忘れているのなら、思い出させてあげましょう。私はあなたの妻です。わかっています。かつてのあなたはそのことに喜びを見出していたはずなのに、いまになってとつぜん煩わしくなったのですね。妻なんていない、いまだかつて存在したことすらないかのように振る舞うのは、お付き合いなさっている、たいそう教養のある方たちに、無様なところを見せたくないからだということも。規則正しい生活を送るのも、夕飯の時刻には家に帰らなければならないのも、好きな相手とではなく私と寝るのも、あなたにしてみればひどくくだらないのだということもわかっているつもりです。あなたは、人前でこんなふうに言うのも情けなくてたまらないのでしょう。いいかい、僕は一九六二年の十月十一日に、二十二歳で結婚した。ナポリのステッラ地区にある教会で、司祭に「はい、誓います」と答えたんだ。それも、純粋に愛のためだ。なにも子どもができたからではない。僕には責任がある。責任があるという言葉の意味が理解できないのなら、君たちは薄情な人間だ。わかっているのです。十分すぎるほどに。それでも、あなたが望もうと望むまいと、事実には変わりありません。私はあなたの妻で、あなたは私の夫。私たちは十二年前——今度の十月でちょうど十二年になります——に結婚して、二人の子どももいます。一九六五年生まれのサンドロと、六九年生まれのアンナ。出生証明書でも見せたら納得してくれますか？

　ごめんなさい。もうやめましょう。言いすぎました。あなたのことはよくわかっているつもりです。きちんとした人だということもわかっています。だけど、お願い。この手紙を読んだらすぐに帰ってきて。もし、まだ戻る気持ちになれないというのなら、手紙でもいいから、あなたの身になにが起こっているのか説明してほしいのです。理解するよう努めると約束します。あなたが自由を必要としていることはもうわかりましたし、もっともなことだと思います。私自身も、あなたの子どもたちも、できるだけ負担をかけないようにします。ですから、あなたとその若いお嬢さんのあいだになにがあるのか、洗いざらい話してください。あれから六日も経つというのに、電話も手紙もよこさなければ、姿を見せようともしないのですね。サンドロにはあなたのことを訊かれるし、アンナは、パパじゃないときれいに乾かせないと言って、髪を洗いたがりません。奥さまかお嬢さまか知りませんが、とにかくその女性にはもう興味がない、会うつもりもない、あなたにしてみれば大して重要なことではなく、長年胸の内でくすぶっていた精神的危機の反動だったんだ、なんて言い張っても、とうてい納得できません。彼女はいくつで、なんという名前なのか教えてください。学生なのですか？　働いている？　それともなにもしていないのですか？　はっきり話してほしいのです。きっと彼女のほうから最初にキスをしたのでしょう。あなたはイニシアチブをとれるような人じゃありませんもの。わかっているのです。相手に引きずり込まれでもしないかぎり、あなたは行動を起こしたりしない。いま、あなたは我を見失っているのですね。「別の女性と関係を持った」と言ったときの、あなたの目といったらありませんでした。私がどう思っているか教えてあげましょうか？　あなたはまだ、自分のしたことがわかっていないのです。私にしてみれば、喉から手を突っ込まれて、胸の奥にあるものを無理やり引っぱられ、そっくりはぎ取られたも同然なのですよ。

2

あなたの手紙を読んでいると、私が極悪人であなたが犠牲者のように思えるけれど、それだけは耐えられない。私だって精一杯のことはしているつもりよ。私はあなたには想像もおよばない努力をしているというのに、あなたが犠牲者だというの？　どうして？　少し声を張りあげたから？　怒りに任せて水差しを割ったから？　私にだってそれなりの理由があったことを認めてくれるべきじゃないかしら。一か月近く家に寄りつかなかったあなたが、なんの予告もなくふらりと帰ってきた。態度は落ち着いていたし、優しくさえあった。それで思ったの。よかった。正気に戻ってくれたんだってね。なのにあなたは、さもなんでもないことのように、ひと月前まではあなたにとって少しも興味がなかったはずの人が――ありがたいことに、いいかげん名前を出してもいい頃だろうと覚悟を決めてくれたのね。あなたは彼女のことを「リディア」と呼んだ――、いまでは、離れては生きていけないほど重要な存在になったのだと言った。彼女について語ったときをのぞけば、あなたの話はまるで業務連絡のようだったわ。だから私も、事務的に答えるしかないように思えた。承知しました。そのリディアとかいう女と一緒にどうぞ出て行ってください、お願いします。これ以上あなたに迷惑をかけないよう、できるかぎりの努力はします。でも、そのあと私が反論を試みたとたん、あなたは私を制して、家族をめぐる一般論を打《ぶ》ちはじめた。家族のあり方の歴史的変遷、世界の国ごとの家族観の相違、あなたが生まれ育った家庭、そして私たち家族。おとなしく口をつぐんで聞いているべきだったかしら？　あなたはそれを求めていたの？　時々あなたが不憫《ふびん》に思えてくる。一般論に自分の幼少期のエピソードを加えれば、ものごとの真理が解き明かせると本気で信じているわけ？　私はもう、あなたの戯言《たわごと》にうんざりなの。普段は使わないような、いかにも哀れみをそそる口調で、あなたは何度目ともなく語ったわ。ご両親の仲が険悪だったせいで、幼少期をいかに台無しにされたかを。心理的効果をもたらすイメージを巧みに用いながらね。あなたのお母さんが、お父さんに有刺鉄線でぐるぐる巻きにされたこと。そしてその尖った鉄の棘の塊がお母さんの肉に食い込むのを見るたびに、あなたは耐えがたい苦痛に苛まれていたこと。それから、私たち家族のことに話を移した。お父さんがあなたたち家族全員を苦しめていたように、あなたもまた、サンドロやアンナ、そしてとりわけ私を苦しめているのではないかと恐れているのだと説明したわね。家族を不幸にした、不幸な男という父親の幻影に、あなたはいまだに苦しめられているんだわ。ご覧のとおり、私はあなたの話をひと言も聞き洩らしていません。結婚によって、私たちは決まりきった役割（夫、妻、父親、母親、子ども）のなかに押し込められてしまったのだと、筋の通っていない論理を訳知り顔でひとしきり語っていましたね。そして、私やあなた自身や子どもたちのことを、単調で、意味のない動きを永遠に繰り返すことを強いられた機械の歯車になぞらえていた。私に有無を言わさないために、ときおり書物からの引用を織り交ぜながら。最初のうちは、あなたの身になにかよからぬことが起こって、私が誰かわからなくなったからそんな話し方をしているのではないかと思ったわ。私は、自分なりの感情も、思考も、声も持っている一人の人間で、あなたが演出しているプルチネッラ（即興仮面劇に登場する道化役）の操り人形ではないの。もしかすると、そうすることであなたは私に手を差し伸べようとしているのかもしれないと疑いはじめたのは、ずいぶん経ってからのことだった。私たちの共同生活をぶち壊すことによって、実質的に私や子どもたちを解放してやるのだから、あなたのそんな心の広さに私たちは感謝すべきなのだとわからせたかったのね。ありがとう。なんて親切なのかしら。なのに家から追い出されたものだから、あなたは腹を立てたのね？

　アルド、お願いだから、考えなおしてちょうだい。私たちは膝を突き合わせて話すべきだし、私はあなたになにが起こっているのか理解する必要がある。何年も一緒に暮らしてきたけれど、あなたはいつだって、私にも子どもたちにも山ほどの愛情を注いでくれた。お義父《とう》さまになんか少しも似てない。私が保証する。有刺鉄線にしろ、機械の歯車にしろ、あなたの話したほかのくだらないことにしろ、私は一度だって気にしたことがなかった。ただ、ひとつ気になっていたのは、ここ数年、私たちの関係に変化が生じつつあったということ。あなたは、あからさまな好意を持ってほかの女性を見るようになった。二年前の夏、キャンプ場で一緒になった女のことははっきりと憶えてる。あなたは日陰で寝そべって、何時間も本を読んでいた。片づけなければならない仕事があると言って、私や子どもたちのことはそっちのけで。松の木陰で調べものをしているか、あるいは砂浜で寝そべってなにか書いていた。そのくせ、顔をあげるたびに、彼女をじっと見つめていたわ。だらしなく口を開けてね。まるで頭のなかに曖昧模糊とした考えがあって、それに形を与えようとしているときのように。

あのとき、べつに悪いことをしてるわけじゃないのだからと私は自分に言い聞かせた。確かに美人だったし、眼差しは命令できるものではないってね。いつの間にか目が行ってしまうのだから仕方ない。そう思おうとしたけれど、心はひどく乱れたわ。とりわけ、あなたがお皿洗いを買って出たときには。だって、そんなこと、それまで一度もしたことなかったじゃない。彼女が洗い場へ向かうと、すかさずあなたも飛び出していき、彼女が戻ってくると、あなたも戻ってきた。私の目が節穴だとでも思ってた？　鈍感だから、気づかないとでも？　私は自分に言い聞かせた。落ち着きなさい。なんの意味もないことよ。そうでしょ？　あなたがほかの女性を好きになるなんて、想像さえできないことだと信じてた。あなたは私を好きになったのだから、永遠に好きでいてくれると思ってた。真の愛情は変わらないものだし、ましてや夫婦なのだから。世間的には起こり得るかもしれないけれど、そんなことをするのは浅はかな人たちだけ。私の夫はそんな人じゃない。そう思い込んでいた。でも、しだいに変化の時期なのかもしれないと思うようになった。あなたは頭のなかで、既存のものをすべてひっくり返す必要があると考えているのかもしれないと。ひょっとすると私自身、家事や家計のやりくり、子どもたちの世話にかかりきりになっていたのかもしれない。それで、自分の姿をこっそり鏡で見るようになったの。昔の私はどんなだった？　何者だった？　二度の妊娠と出産を経ても、私はまったくと言っていいほど変わってなくて、有能な妻であり母親だった。でも、あなたと知り合い、恋に落ちた頃と変わらない状態を維持するだけでは十分じゃなかったのね。むしろ思い違いはそこにあって、自分をさらに刷新していく必要があったのかもしれない。良妻賢母では不十分で、たぶんそれ以上のものが求められていたのよね。だから私は、キャンプ場で出会った女や、ローマであなたを取り巻いている若い女の子たちに自分を近づけようと努力したし、極力、家の外でのあなたの付き合いに加わろうともしてみた。すると、私たちの関係に少しずつ変化が生じた。きっとあなたも気づいたはずよ。それとも気づいてなかった？　気づきはしたけれど、役には立たなかった？　どうしてなの？　私の努力が足りなかったから？　私は浅瀬で立ち止まり、まわりの女性たちに順応できず、元の自分のままちっとも変わっていなかった？　それとも度を越えてしまったのかしら。私は新しい自分になりすぎて、そんな変化をあなたは不快に思っていたの？　そんな私が恥ずかしかったとか？　それとも私が誰だかわからなくなってしまったの？

きちんと話しましょう。あやふやにはしたくないの。そのリディアという女性のことを教えてください。彼女は一人暮らしで、あなたもそこで寝ているの？　彼女はあなたの求めているものを持っていた？　それは私が失ってしまったか、そもそも持っていないものなの？　あなたは、はっきりしたことをなにも言わずに出ていった。いまどこにいるの？　あなたが置いていった住所はローマのもので、市外局番もローマ。けれど、手紙を書いても返事をくれないし、電話をしても呼び出し音がむなしく響くばかり。どうしたらあなたを見つけ出せる？　あなたの友達に電話をすればいい？　さもなければ大学に押しかけて、あなたの同僚や学生たちの前でわめけと言うの？　あなたがいかに無責任な男か、皆さんにお知らせしましょうか？

電気代だってガス代だって払わなければならないし、家賃だってある。おまけに二人の子どももいるのよ。すぐに帰ってきてちょうだい。あの子たちには、昼も夜も面倒をみてくれる両親と暮らす権利があるの。起きたら一緒に朝ご飯を食べて、学校まで送り、下校の時刻には迎えにきてくれる父親と母親が必要なの。家族と過ごす権利があるのよ。みんなそろってお昼を食べて、遊び、宿題を済ませ、テレビを見て、それから晩御飯を食べて、また少しテレビを見たら、おやすみなさいの挨拶をする家と家族がね。ほら、パパにおやすみを言いなさい、サンドロ。アンナ、あなたもよ。いい子だからめそめそするのはやめて、パパにおやすみの挨拶をしてね。今夜は遅くなっちゃったから、お話はまた明日。どうしてもしてほしいなら、さっさと歯を磨いてきなさい。パパがお話ししてくれるから。だけど、十五分だけよ。終わったらすぐに寝るって約束して。でないと、明日、学校に遅刻しちゃうし、パパだって朝早く電車に乗らないといけないの。お仕事に遅刻したら叱られてしまいますからね。あなたはもう忘れてしまったのかしら。そう言うと、子どもたちはいつも大慌てで歯を磨いて、話を聞きたい一心であなたのところへ走っていくの。毎晩ね。あの子たちが生まれてからずっとそうしてきたように、これからもそれが続いていくのよ。やがてあの子たちが大きくなって、独り立ちする日まではね。そのうちに私たちは年老いていく。でも、きっとあなたはもう私と一緒に年を重ねることになんて興味がないのね。子どもたちが成長していく姿を見ることにも興味がなくなってしまったの？　ねえ、そうなの？　答えてちょうだい。

私、怖くて仕方ないの。この家は隣近所から少し離れている。ナポリがどんな街だか知ってるでしょ。この辺りはあまり治安がよくないわ。夜中に聞こえる物音や笑い声が気になって眠れないの。神経がすり減りそう。窓から泥棒が忍び込んできたらどうすればいい？　テレビやレコードプレーヤーを盗まれたら？　あなたに恨みを持った人に寝込みを襲われて、三人とも殺されたら？　あなたのせいで私がどれほどの重圧を背負うことになったか、わからないはずないわよね？　私が専業主婦だということを忘れたの？　どうやって日々やりくりすればいいかもわからないのよ。我慢にもほどがあるわ。アルド、せいぜい気をつけるのね。私だってその気になれば、思い知らせてやることもできるんだから。

3

リディアに会いました。とても若くて、きれいで、礼儀正しい娘《こ》なのね。あなたよりもよほど熱心に私の話を聞いてくれた。もっともなことを言ってたわ。彼と話してください。あたしはお二人の問題には無関係です。そのとおりよね。あの娘は部外者だもの。会おうとした私が間違っていた。あの娘の口からなにが聞きたかったんだろう。彼女を求め、自分のものにし、好きになって、いまもなお好きなのは、あなたのほうだと？　そんなことはどうでもいい。この状況についてひとつ残らず説明できるのは、あなた以外にはいない。たった十九の娘に、なにがわかるというの？　なにもわかりっこない。あなたは三十四歳で、家庭を持っていて、高い教育を受けていて、重要な職に就いていて、尊敬もされている。筋の通った説明をしなければならないのはあなたのほうで、リディアじゃない。なのに、二か月経ったいまでも、あなたは、私たち家族とはもう一緒に暮らせないとの一点張り。そうなの？　理由は？　私になにか不満があったわけではないと断言したわね。子どもたちだって、言うまでもなくあなたの子どもなのよ。パパと一緒にいるのが大好きなの。あなたも、二人と過ごす時間は楽しいって言ってたわよね。だったらどうして？　訊いたって返事もしない。ただ、口のなかでぼそぼそつぶやくだけ。わからない。こうなってしまったんだってね。いまは新しい家に住んでいて、新しい本やものに囲まれているのかと私がいくら尋ねても、上の空。いいや、なにも持ってやしないさ。不便でたまらない。つまり、リディアと暮らしているのね？　彼女と一緒に寝て、彼女と一緒に食事をしてるわけ？　そう尋ねると、言葉を濁して生返事をする。いいや、そうじゃない。ただ定期的に会ってるだけさ。アルド、言っておくけれど、私に対してそんな態度をとり続けるのはやめて。耐え切れない。私たちの会話がすべて偽りのように思えてくる。というより、私は身も心も押しつぶされそうな事実と向き合う努力をしているのに、あなたは嘘をついている。その嘘は、あなたがもはや私に対して敬意なんてこれっぽちも抱いてなくて、私を拒否しているという証拠よね。

　恐ろしくてたまらないの。あなたの心に巣食っている私に対する侮蔑が、子どもたちや友達、みんなに伝染してしまうんじゃないかってね。あなたは、すべてから私を孤立させ、疎外するつもりなんだわ。なにより問題なのは、私たち夫婦の関係を見つめ直す試みをあなたが避けようとしていること。それが私の頭をおかしくさせるの。私は、あなたと違って、知らずにはいられない。なぜ私を捨てたのか、いますぐ、洗いざらい話してちょうだい。もしもまだ私のことを、棍棒で追い払うべき獣ではなくて、人間として扱ってくれているのなら、あなたには説明する義務があるはずよ。それも、納得のいく説明を。

4

ようやくすべてはっきりした。私たち三人のことは運命に委ねて、あなたは自分だけ脱け出すことにしたのね。自分の人生を求め、私たちのスペースはないというわけ。あなたは好き勝手な場所へ行き、好き勝手に人と会い、好き勝手に自己を実現していく。私たち家族の窮屈な世界から脱出して、新しい女性と一緒に広い世界へ漕ぎ出そうとしているのね。私たち家族の存在は、若かりし日々を無駄にした証しとしかあなたの目には映らない。私たちのことを、あなたの成長を阻んできた病と見做し、私たちさえいなくなれば快復できると思っているのでしょう。

私の推測が間違っていなければ、私がこんなふうに繰り返し「私たち」と口にすることさえ、不愉快に思っているんだわ。けれど、「私たち」という括《くく》りのなかには、もはや私と子どもたちしかいなくて、あなたは「あなた」という別の括りになった。それが事実なの。家を出ることによって、あなたは四人家族の暮らしを壊してしまった。あなたを見る私たちの目も根底から覆り、信じていたような人じゃなかったのだと思い知らされた。あなたは、すべて自覚したうえで、計画してたのね。あなたという存在は空想の産物でしかなかったと、私たちに認めさせるために。そしていま、私とサンドロとアンナは、この家で困窮の危機にさらされ、底なしの不安と苦悩に怯えているというのに、あなたはどこかで愛人とともに人生を謳歌している。その結果、子どもたちはもはや私一人のもので、あなたとは無縁の存在になった。父親なんて、私とあの子たちの幻影でしかなかったと思わせたのは、あなた自身なのよ。

そのくせ子どもたちとの関係は維持したいだなんて、よくも言えたわね。いいわ。私はとくに反対はしない。だけど、具体的にどうするつもりなのか説明して。あなたの人生から私のことを排除しながら、あらゆる点において父親でありつづけると言うの？　私のいないところでサンドロとアンナの面倒を見るつもり？　つまり、影のようにときどき現われては、また二人を私の手に委ねて消えるわけ？　どちらにしても、あの子たちに訊いて、それでいいか確かめてちょうだい。私に言えるのはただ、あの子たちが自分たちの一部だと信じていた大切な存在を、あなたは突然、取りあげてしまったということだけ。そのせいで二人はひどくつらい思いをしている。サンドロにとって、あなたは頼りになる父親だった。だから、あの子はいま自分を見失っている。アンナなんて、自分がものすごく悪いことをしたから、罰としてパパが家を出ていったんだと思ってるのよ。これが現状なの。どうぞお好きになさって。お手並みを拝見させていただくわ。ただし、最初に釘を刺しておく。その一、私とあの子たちの関係を損なうような真似をしたら、絶対に許さない。その二、父親なんて実体のない存在だったことを思い知って、すでに十分傷ついているあの子たちに、これ以上悲しい思いをさせることは、なにがなんでも私が阻止します。

5

私との関係の終わりは、サンドロとアンナとの関係の終わりをも意味することが、これであなたもよくわかったと思います。僕は父親なんだから、ずっと父親でありつづけたいだなんて、口で言うのは容易《たやす》いこと。けれど実際問題として、あなたのいまの暮らしにあの子たちの居場所はなく、あなたは、私から自由になったのと同様に、あの子たちからも自由になりたがっていることが露呈した。それに、いままでだって子どもたちのことを真剣に気にかけたことなんてあった?

興味があるかどうか知らないけれど、一応お知らせしておきます。私たちは引っ越しました。手元にあるお金では家賃を払いきれなくなったからです。一時しのぎだけど、ジャンナのところで世話になることにしました。子どもたちは友達と別れて、転校しなければならなかった。とりわけアンナは、ご存じのとおり、大好きなマリザと会えなくなって悲しがっています。最初から、こうなることは予測できたのではないですか? 私と別れれば、子どもたちに嫌な思いや悔しさをいろいろ味わわせることになると。それでも、あなたはそれを避けるために指一本動かそうとしなかった。結局あなたは自分のことしか考えていないのですね。

あなたはサンドロとアンナに、夏休みを一緒に過ごそうと約束した。夏休みじゅうずっと。それで、日曜に二人を迎えにきた。あなたは気乗り薄だったけれど、二人は大喜びだったのよ。なのに、結局どうなった？　四日後には私のところに連れて戻り、あなたはこう言った。二人の面倒をみていると不安でたまらなくなるんだ。僕にはとうてい力がおよばない。そしてリディアと旅行に出たきり、秋まで姿を見せなかった。そのせいで、あの子たちがどんな夏休みを過ごすことになるのか、どこで、誰と、なにをして過ごすことになるのか、費用はどこから出るのか、そんなことは一切お構いなしにね。見えているのは自分の都合だけ。子どもたちのことなんてまったく考えていなかった。

日曜の面会だってそうよ。わざと遅れて来て、うちに三、四時間しかいないようにしていた。二人を外に連れ出しもしなければ、遊んでやろうともせずにね。テレビをぼんやりと見ているあなたの隣で、あの子たちは父親の顔色をうかがいながら、じっと座って待っていた。

祝日だっておなじこと。クリスマスも新年も、公現祭《エピファニア》も復活祭《パスクア》も、連絡ひとつよこさなかった。子どもたちがパパのところに行きたいとはっきり言っても、いつだって、よその人を相手にするかのように、泊められる場所がないと答えてた。アンナが、死ぬ夢を見たと絵に描いて見せながら、事細かに説明したときだって、驚きもせず、心を痛めるふうでもなく、黙って聞いていたかと思ったら、最後にこう言ったのよ。すごくきれいな色だね。私との口論で、僕には僕の人生があり、僕の人生は君たちのものではない、離別はもう決定的なんだと主張するときだけ、あなたは精彩を放っていた。

でも、いまならわかる。あなたは怖いのね。あなたの人生から私たちを締め出そうという決断が、子どもたちによって揺らいでしまうのではないか、割り込んできた子どもたちに、新しい関係をぶち壊されるのではないかと恐れている。要するに、父親でありつづけたいと言うのは口先だけで、本心は別のところにあるのよ。私から自由になるのと同時に、子どもたちからも自由になりたいのでしょ？　家族という制度や役割に対する批判も、そのほかのくだらない論理も、単なる口実だということは明らかだわ。あなたは、個々の人間を単なる役割へと貶《おとし》めてしまう抑圧的な社会制度と闘っているわけではない。もしそうだとしたら、私もあなたと同意見だと気づくはずだもの。私だって、そうした役割から解放されたいし、制度を変えたいと思っていることにね。もしそうだとしたら、家族がばらばらになった時点で、私たち三人を突き落とそうとしていた感情的、経済的、社会的奈落の一歩手前であなたは踏みとどまり、私たちの愛情や願いに気づいてくれるはずだもの。なのに、気づいてくれやしない。あなたは、サンドロやアンナや私のことを、個々の人間として厄介払いしたいだけなのよ。私たちのことを、幸せの追求を妨げる足枷《あしかせ》と見做し、人生を謳歌したいという願いを押しつぶす罠のように感じ、理不尽で悪意に満ちた残骸だとでも思っているのね。最初から、心の内で言ってたんだわ。僕は自分自身を取り戻さなければならない。たとえそれが三人を殺すことになろうともってね。

6

あなたは階段の上り下りを例に挙げたわね。ほら、階段を上るときのことを想像してごらん。子どものときに身につけたとおり、足がひとりでに右、左、って前に出るだろ？　でも、歩きはじめの頃、階段を上るだけで感じていたはずの喜びは失われていき、成長するにつれて、両親や兄や姉といった身近な人たちの歩き方を真似るようになる。いまとなっては、骨の髄に染みついた習慣にしたがって足を持ちあげているだけで、歩むという行為にともなわれる緊張感も感動も幸せも、独自の歩き方とともに失《な》くしてしまったんだ。足の動きは自分のものだと疑わずに歩いているけれど、実のところそうではなく、成長の過程で付き合いのあった人たちの集団と一緒に階段を上っているようなものなんだ。ためらわずに足が前に出るのは、そんな僕らの順応主義によるものなんだよ。そのうえで、あなたはこんな結論を導いた。だから、歩き方を根本から変えて、歩きはじめたばかりの喜びをもう一度取り戻すか、さもなければ、とことん灰色の日常に甘んじて生きるしかないんだ。

うまく要約できたかしら。私の意見を言わせてもらうわね。くだらない喩えだわ。あなたならもっとまともな喩えができるはずだけど、及第点にしてあげる。お得意の比喩的な言い回しで、私たちは確かに昔は幸せだったけれど、いつしかその幸せが決まりきった習性へと形を変えてしまったと伝えたかったのね。だからこそ大きな支障もなく日々や歳月を過ごすことができた。でも、その一方で私たち夫婦や子どもたちの息を詰まらせてしまったといいたいのでしょ？　よくわかったわ。たとえそうだとして、どんな結論が導けるのか教えてちょうだい。要するにあなたは、できることなら十五年前に戻りたいけれど、後戻りは不可能だ。その一方で、歩きはじめたばかりの喜びをもう一度味わいたいという欲求は抑えがたいから、リディアと新しい関係を築くしかないと言いたいわけ？　あなたが言いたいのはそういうこと？　もしそうだとしたら教えてあげる。私だって、しばらく前から、かつての喜びが薄れてきたと感じていた。私だって、しばらく前から、私たちの関係が変わり、その変化が、私たち夫婦だけでなく、サンドロにもアンナにも悪影響をおよぼしていて、一緒にいること自体が、私たちにとっても子どもたちにとっても苦痛になる危険があると思っていた。私だって、しばらく前から、子育てのためにかろうじて夫婦の形を保っているのは、私たちのためにもあの子たちのためにもならないのではないか、それくらいなら別れたほうがいいのかもしれないと思っていた。それでも私は、あなたとは違って、地上の楽園の鍵を失くしたのはあなたのせいなのだから、もう少しまともな人にすがればいいとは思わない。私は、自身を解き放つために、あなたたちを踏みつけにはしないし、あなたたちの存在を否定することもない。それに、どうやって自分を解き放てばいいの？　あなたがリディアとしているように、別の人と一緒になって、新しい家庭を作ることが本当に解放と言えるの？

アルド、お願いよ。言葉を弄ぶのはやめにして。私はもう疲れました。考えなおしてとお願いするのは、これで最後にします。過ぎ去ったことを嘆くのは愚かなことだもの。つねに新たな始まりを追い求めるのとおなじくらいにね。変化を求めるあなたの気持ちが行き着くべき唯一の場所は、私たち四人よ。私とあなたとサンドロとアンナ。私たちには、四人で新たに歩み出す義務があるの。ねえ、お願いだから私を見て。目を逸らさずに、よく見てちょうだい。私には郷愁なんてひとつもない。いま私は、あなたの喩える階段を自分の足で上ろうとしていて、前に進みつづけたいと思っている。だけどあなたが、私にも子どもたちにも可能性をまったく与えてくれないのなら、家庭裁判所に提訴して、子どもたちの養育権を私が独占できるようにしてもらいます。

7

とうとうあなたは、ほかに解釈の余地がない行動をとったのですね。瞬きひとつせずに裁判所の措置を受け入れて、父親としての役割を手にするための措置をとろうとさえしなかった。望んでやまなかったはずなのに。私が一人で子どもたちの面倒をみるという条件を、あなたは受け容れました。子どもたちが父親を必要としていることは少しも考慮しなかったのですね。

あの子たちを私に押しつけて、あなたの生活から正式に二人を追いやった。「沈黙は同意の印」という言葉にしたがい、未成年の二人の子どもの養育は私に託されることになりました。この決定は「即時発効」になるそうです。呆れた人ね。あなたを愛した自分が心底情けない。

8

私は自殺しました。本来ならば「自殺未遂をした」と書くべきところですが、それではあまり正確ではありません。実質的に私は死んだも同然なのですから。あなたを無理やり家に帰らせるためのパフォーマンスだとでも思っていますか？　ことここに至ってもまったく病院に顔を出さなかったのは、そのためなのですか？　二度と脱け出せなくなる状況が待ち受けているのではと恐れていたのですか？　それとも、自分がしでかしたことの顚末を直視するのが怖かったのでしょうか。

まったく、あなたという人は本当に弱くてうろたえるばかりで、感受性なんて微塵もない、上っ面だけの人なのね。私が十二年間信じてきたあなたの姿とはまったく逆だったというわけ。人がどのように変化し、進歩していくかなんて、あなたは興味がないのよね。相手を一方的に利用するだけ。自分をちやほやしてくれる人とだけ付き合い、あなたの名声を認め、それにふさわしい役割を与えてくれる人としか繋がろうとしない。あなたを褒めてくれる人と一緒にいれば、実際の自分は空っぽで、そのあまりの空虚さに恐れおののいていることを感じずにすむものね。そんな関係が崩れるたびに、あるいは相手があなたとの距離を置いて成長しようとするたびに、その人を踏みつけて通り過ぎていく。じっとしていることが苦手で、いつだって輪の中心でいないと気が済まないのね。時代の波に乗り遅れたくないからだとあなたは言う。あなたのその執着を社会参加と呼ぶわけ？　そうね。確かにあなたは参加している。社会での役割を担っている。担いすぎるほどにね。けれど、実際のあなたはひどく受け身よね。ベストセラーの本から考えや言葉を借用してきて、場面場面で用いているだけ。多大な影響力のある人から押しつけられた慣例や流行に感化されてるにすぎないんだわ。自分も早くそういう人たちの仲間入りを果たそうと切望しながらね。あなたは決して自分を曝け出さないし、自分らしくあろうとしたこともなかった。それがどんな意味かもきっとわかっていないのでしょう。なにかチャンスがめぐってきたら逃さずつかもうと腐心しているだけ。大学の助手になったのもローマでたまたまチャンスがあったからだし、政治活動を始めたのだって学生たちの抗議にあったから。私と結婚したのも、あなたを手許から片時も離そうとしなかったお義母《かあ》さまが亡くなったとき、私が恋人としてそばにいただけの話。そして、夫である以上、父親にもなっておく必要があると思ったから、子どもをつくった。誰もがすることだものね。育ちのよいお嬢さんがちょうど手の届くところにいたから、性の解放だの家庭の役割の解体だの、御託をならべて愛人にした。一生そうやって生きていくんだわ。あなたは自分の望みどおりに生きているのではなくて、偶然に身を委ねて漂っているだけよ。

私は、このひどくつらい日々――三年間、地獄のような苦しみを味わってきた――あなたに手を差し伸べる努力をしてきた。夜も昼も自分の胸の内を探り、あなたにもおなじことをするように求めてきた。なのに、あなたはなにも気づかなかった。上の空で私の話を聞いているだけ。私の手紙だって、きっと一度も読んでないんじゃないかしら。私は、確かに家庭は息が詰まるし、押しつけられた役割に本来の自分の姿を見失うこともあるかもしれないと理解し、問題の核心にたどりつくための涙ぐましい努力をしてきた。だから私も変わらなければと、さまざまな意味で変わろうとしてきた。自分の感情を曝け出しながら。なのにあなたは気づきもせず、たとえ気づいたとしても、気分を害して逃げ出すか、要領を得ない言葉や、視線やジェスチャーで、私を完全に打ちのめすだけ。自殺といっても、私の場合、ただ止《とど》めを刺そうとしただけ。ずいぶん前から、あなたは私のことをじわじわと殺してきた。妻という役割においてではなく、もっとも充実し、あるがままでいられるはずの年代にあった一人の人間として。現実問題として私が一命をとりとめて、いまなお戸籍上は生者として登録されていることは、私にとっては幸運ではなかったけれど、子どもたちにとってはよかったと思う。これほどの事態に直面しても、あなたが不在と無関心を貫いたことで、たとえ私が死んだとしても、あなたは自分の道を突き進むのだろうという予測は正しかったことが証明されたわ。

9

いただいた質問にお答えします。

この二年間、私はずっと仕事をしてきました。いくつかの職種を転々としたけれど、地方公共団体の仕事も私企業の仕事も、概して給料は安いものでした。最近になってようやく安定した職場を見つけることができました。

私たちの別居は事実上、家族の生活実態と、あなたが署名した養育委任状によって正式なものとなっています。それ以外には、とくに急ぐ手続きはないはずです。

あなたから定期的に送られてくる養育費は、毎回きちんと受け取っています。こちらからは、私のためにも子どものためにもなにも要求したことはないけれど。経済状況が許す範囲内で、できるだけ手をつけないようにして、サンドロとアンナのために貯金しています。

テレビはしばらく前に壊れたので、受信料も払うのをやめました。

子どもたちとの関係を修復したいとあなたは手紙に書いていましたね。もう四年も経ったのだから、冷静に問題と向き合えるはずだと言うけれど、いまさら、なにに向き合うというのでしょう。あなたが求めているものの本質は、家を出ていき、私たちの生活を台無しにしたとき、そして責任に耐えきれないと言って子どもたちを置き去りにしたとき、明確に示されたのではないかしら。いずれにしても、あなたの希望を子どもたちに読んで聞かせたところ、会ってみると答えました。忘れているかもしれないので言っておくと、サンドロはいま十三歳で、アンナは九歳です。二人とも不安と恐怖に押しつぶされそうになっています。二人の精神状態をこれ以上悪くするようなことは、お願いですからしないでください。

第二の書

第一章

I

順に話すことにしよう。ヴァカンスに出掛ける少し前、ヴァンダは、以前に骨折した手首がいつまでも痛むので、整形外科医の勧めで二週間ほど電気治療器をレンタルすることにした。レンタル業者との合意では、レンタル料が二百五ユーロ、配達は翌日ということだった。次の日の正午頃、ドアの呼び鈴が鳴った。妻はキッチンで手が離せなかったので、私が開けに出た。いつものことながら、ひと足先を猫が歩いていく。いくらか薄めの黒髪をショートに刈り込んだ、若くてほっそりとした女が、灰色の段ボール箱を差し出した。ひどく青白くて繊細な顔に、化粧っ気のない鋭い目が際立っている。私はとりあえず包みを受け取った。財布は書斎の机の上だったので、言った。ちょっと待っててください。すると女は、招かれもしないのに、家の中までのこのこついてきた。

「かわいい猫ちゃんね」猫に話しかけている。「君のお名前は？」

「ラベス」猫の代わりに私が答えた。

「変わった名前ですね」

「うちの獣《ラ・ベスティア》を縮めたんだ」

女は笑いながら、屈み込んでラベスを撫でた。

「二百五ユーロです」と女が言った。

「二百十ユーロじゃなかったかな?」

女はすっかり猫に夢中になったまま、首を横に振った。意味不明の言葉をささやきながら猫の喉もとを撫でている。しゃがんだ位置から、穏やかな口調で話しかけてきた。職業柄あちこちの家を出入りしているため、見ず知らずの人にドアをノックされた高齢者の不安を和らげる術《すべ》を心得ているのだろう。その段ボール箱を開けてみてくださいな。領収証が入っていますから、ご確認ください。二百十ユーロと書いてあるはずです。女はそう言った。そして相変わらず猫を撫でながら、書斎のドアの奥へと物珍しそうに視線を投げた。

「すごい量の本ですね」

「仕事に必要なものでね」

「素晴らしいお仕事をなさってるんですね。彫像もたくさん。あの高いところにあるキューブ、すごくきれいな青ですよね。木製ですか?」

「金属だよ。何十年も昔にプラハで買ったんだ」

「本当に素敵なお宅」女は感嘆の声を洩らしながら立ちあがった。それから、ふたたび段ボール箱に話を戻した。「確かめてみてください」

私はその瞳のきらめきに心を惹かれた。

「いや、それにはおよばない」そう言うと、二百十ユーロを手渡した。

女はそれを受け取ると、猫にじゃあねと手を振ってから、私の身体《からだ》を気遣った。

「ご本を読みすぎて疲れないようになさってくださいね。またね、ラベス」

「さようなら。どうもご苦労さま」私はそう返事した。

ただそれだけ。それ以上でも、それ以下でもない。数分後、くるぶしまで届きそうなエプロンをした妻がキッチンから出てきた。段ボール箱を開け、さっそくACアダプタのプラグをコンセントに差し込んで、本体の電源が入るか確認した。使い方を理解するために、ひとしきり導子をいじくっている。私はそのあいだ、単に好奇心から、添えられていた領収証に目をやった。こともあろうに、先ほどの若い女にまんまとだまされていたのだ。

「なにか気になることでもあるの？」ぼんやりしているようでいて、私の気分の変化を見逃さない妻がすかさず尋ねた。

「二百十ユーロ請求された」

「それで、支払ったの？」

「ああ」

「二百五ユーロだと言ってあったわよね」

「きちんとした人物に見えたんだが」

「女の人？」

「若い娘だ」

「美人だった？」

「まあ」

「五ユーロで済んだのが奇跡ね」

「大した額じゃない」

「一昔前なら一万リラよ」

妻は不機嫌なときによくするように両唇をきゅっと閉じて、取扱説明書を読みはじめた。彼女は金にひどくうるさい。一緒になってからというもの、強迫観念のごとく節約にこだわりつづけ、身体のあちこちにガタが来たいまになっても、道端の吹きだまりに落ちている一チェンテジモ硬貨を迷わず拾いあげる。ことさら自分自身に言い聞かせるために、現在の一ユーロはかつての二千リラに相当し、十五年前までは一万二千リラあれば映画館で二人分のチケットが買えたのに、いまではチケットが一枚当たり八ユーロするから、二人だと三万二千リラになる計算だと強調することを怠らない性分だ。私たち夫婦だけでなく、ひっきりなしに金を無心してくる子どもたちまで、現在の豊かさを享受できているのは、私の仕事云々よりも、妻の徹底した金銭管理によるところが大きい。つまり、妻にとっては、数分前に見知らぬ女から五ユーロをだまし取られたと知って生じる憤りの大きさは、駐めてある車の脇に落ちている五ユーロを見つけたときの喜びの大きさに匹敵するはずだった。

いつものことながら、私の不満は、妻の苛立ちによって増幅した。レンタル業者にクレームのメールを送ってくる。私はそう告げると、書斎にこもった。その些細な詐欺を訴えるつもりだったのだ。なにより妻の怒りを鎮めたかった。妻の非難は、日頃から私の心を乱したし、そんな年になっても、愚かなことにまだ若い女の科《しな》に弱いのねという当てこすりも心外だった。こうして私は、パソコンの電源を入れ、配達に来た女の一連の仕草や声、言葉などを頭の中で繰り返し再生してみた。かわいい猫ちゃんね、とか、すごい量の本ですね、などと言ったときの、媚びを売るような声音を分析し、段ボール箱を開けて確認するようにと促したときの、愛情さえ感じさせる、くすぐるような素振りを思い出した。明らかに女は、私をひと目見ただけで、ころりとだませる客だと判断したにちがいない。

そうした事実を認めるのは、ひどく苦痛だった。数年前までの自分の対応（取り込み中なので手短に頼むよ。これが約束の代金だ。ご苦労さま）と、先ほどの自分の対応（猫の名はラベス。本は仕事に必要なものでね。キューブはプラハで買ったんだ。いや、それにはおよばない。ご苦労さま）のあいだに、頭のなかで線を引いてみた。その後、辛辣なクレームの文章をキーボードで打つつもりでいたのだが、すぐにその気が失せた。あの女はいったいどんな暮らしをしているのだろう。低賃金の非正規雇用で両親を扶養し、法外な家賃を払っているのかもしれない。化粧品やストッキングも買わないといけないし、おまけに夫か恋人は失業中、麻薬とも無縁ではないかもしれない。もし私が会社にメールを送ったら、このささやかな仕事も間違いなく失うだろう。よくよく考えれば、五ユーロがなんだというのだ。妻の目を盗んで、喜んで渡したかもしれないチップじゃないか。どのみち、こんな世知辛い世の中なのだから、女が代金を水増ししてくすねつづけたら、早晩、私よりも融通の利かない客によって痛い目に遭わされるに決まっている。

私は書くのをやめた。ヴァンダにはメールを送ったと報告し、そのまま、その一件は忘れていた。

2

それから数日後、私たち夫婦は海に行くことになっていた。妻がまとめた荷物を、私が下の車まで引きずっていく。やけに暑い日だった。普段は車の往来が激しい通りが閑散とし、周囲の建物もひっそりしていた。窓も、バルコニーも、大半が面格子や鎧戸で閉ざされている。

思いのほかの重労働に汗だくになった。妻が手を貸してくれようとしたのだが、断った。もろくなっている骨が心配だったからだ。すると妻は、それぞれの旅行鞄をどのように積むべきなのか、さかんに指図をした。マンションを留守にするのが不安でならず、神経が昂ぶっているようだった。ガッリポリの近くの海に面したホテル（三食付きで値段も妥当、海岸の散策に昼寝、心地よい海水浴三昧）に七日間滞在するだけだというのに、妻は、マンションに居残って、レモンの木と枇杷《びわ》の木のあいだのバルコニーで本を読んでいるほうがいいと繰り返した。

　私たちはこのマンションに三十年前から住んでいるが、どこか別の場所にしばらく行くとなると、そのたびに妻はもう二度と帰ってこられないかのような態度をとる。年齢を重ねるにつれて、どこかでのんびり過ごそうと妻を説き伏せるのは難しくなる一方だった。真っ先に、子どもや孫たちに迷惑をかけるのではあるまいかと気に病む。なにより猫のラベスをおいていくのが心残りで仕方ないのだ。妻はラベスを溺愛していて、ラベスのほうでもその愛に報いている。むろん私も、「うちの獣《ラ・ベスティア》」は好きだったけれども、そのためにヴァカンスを犠牲にする気はなかった。そこで、猫はホテルのやわらかな調度品に傷をつけるし、部屋は臭くなるし、夜中にみゃあみゃあ鳴いてほかの宿泊客に迷惑をかけると、言葉を慎重に選びつつ妻に言い含めなければならない。妻がようやくあきらめて猫とのしばしの別れを受け容れてくれたら、息子と娘が交代で餌と水をやり、トイレの砂を取り換えに来てくれるよう、手筈を整えるのだ。たいていい、それがまた妻を不安にさせた。というのも、息子と娘はいがみ合っているので、間違っても鉢合わせにならないようにする必要があった。思春期に入った頃からつねに兄妹のあいだはぎくしゃくしていたのだが、十二年ほど前、伯母のジャンナが亡くなったのをきっかけに、さらにややこしくなった。ヴァンダの姉にあたるジャンナは苦難の生涯を送り、子どもはいなかった。そのため、とりわけサンドロを自分の息子のようにかわいがり、相当な額の蓄えを遺したのに対し、アンナにはガラクタ同然のものしか遺さなかった。これが、二人のあいだの確執に発展した。アンナは、伯母の遺志など無視して、遺産を二人で等分すべきだと主張したが、サンドロは断固拒否した。その結果、二人はまったく顔を合わせなくなり、それでなくとも波瀾万丈の二人の人生に心配の種は尽きないというのに、母親をさらに悲しませることになった。そのため、ラベスの世話を頼むときには、二人が出くわさないように、私がそれぞれの当番と時間帯を決め、私の計画力をまったく信用していない妻が入念にチェックし、二人ともうちのマンションの鍵を持っているか確認するのだった。これは、あらゆることにどれほどの労力を要するかのほんの一例だ。そのうえで、妻と私はようやく出発に漕ぎつけたのだった。

妻と一緒になってから五十二年。なんと長く、複雑に縺れ合った時間の糸だろう。ヴァンダは見た目はエネルギッシュな七十六歳の老女で、私は見た目は呆《ほう》けた七十四歳の老人だ。昔から妻がこれ見よがしに私の生活全般を取り仕切り、私は抗わずに指示にしたがっている。妻はあちこちに不調を抱えているにもかかわらずすこぶる活動的で、私は健康であるにもかかわらず怠け者だった。私が赤いスーツケースをトランクに積み終わったところで、妻が抗議した。私の積み方に納得がいかないらしく、黒いスーツケースを先に入れて、その上に赤いスーツケースを載せたほうがいいと主張している。私は首筋に貼りついていたシャツの襟を指で剝がすと、大仰な唸り声をあげながら赤いスーツケースを引っ張り出し、アスファルトの上に置いた。次いで黒いスーツケースを持ちあげようとしたところへ、一台の車が通りかかった。

路上だけでなく、町全体がもぬけの殻のように感じられ、信号機だけが無意味に点滅し、木々の梢でさえずる鳥たちの声まで聞こえてくるほどだったので、嫌でもその車の存在に気づいた。車は私たちの脇を通りすぎ、数メートル進んだかと思うと、急ブレーキをかけた。一秒か二秒のあいだ、ギアボックスから歯車の音がはっきりと聞こえた。それから、唸りをあげて急速にバックし、私たちのいるところでぴたりと停止した。

「いやあ、信じられません」運転席に座っていた男が大声をあげた。目は暗い陰になり、歯はどこか古びている。「たまたま通りかかったら、ほかでもないあなたが、こうして通りに立っていらっしゃる。父に話したら、きっと驚くでしょうね」

その男はえらく感激し、さも嬉しそうに笑っていた。私は黒いスーツケースから手を離し、彼の顔つき——鼻筋や口、額など——のどこかに、誰だか思い出せる手掛かりはないかと記憶の糸をたぐってみた。なにも思い出せない。男は、それでなくても赤い顔を感激のためにいっそう紅潮させ、興奮していた。そして、息もつかずにまくしたてた。私に無数の言葉を浴びせかけ、父親がいまだに敬意と愛情をこめて私の話をしているだとか、学生だった頃、私のお蔭で困難に立ち向かう勇気が持てたとか、その後ようやく物事が好ましい方向へ進み出し、今後はさらによくなる見通しだなどと話すのだった。彼は何度も繰り返し言った。なんという光栄でしょう。私はといえば、かつて面倒をみてやったのは、その男なのか、あるいは男の父親なのか、それともその双方なのか皆目見当がつかなかったものの、とにかく生徒だったのだろうと思うことにした。おそらく私がまだ若かった頃、短期間ながらナポリの高校で教鞭を執っていたときか、しばらくローマ大学で教えていたときの教え子にちがいない。それまでにも、見憶えのない人にいきなり懐かしそうに話しかけられて、大人になり、たいていは苦労の刻まれた顔のなかに、かつての教え子の面影を見出すことがしばしばあった（正直なところ、見出すふりをする場合のほうが多かったのだが)。そうだ、と私は結論づけた。そうに決まっている。教え子だ。私はその男に、思い出してもらえなかったという失望を味わわせたくなかった。そこで、いかにも愛想好さそうに尋ねていた。

「お父上はお元気で?」

「お蔭さまで。心臓に若干問題を抱えていますが、大したことではありません」

「よろしく伝えてくれたまえ」

「もちろんです」

「君は?　もろもろ順調かね?」

「すこぶる順調です。以前から僕がドイツへ行きたがっていたのを憶えていらっしゃいますよね?　念願が叶ってドイツに渡ることができまして、いま、ようやく向こうで多少なりとも成功を手にしつつあります。いまやイタリアにはチャンスなんて一切ありませんが、ドイツでならば、小さな工場を起ちあげることができます。いまは革製品の分野で仕事をしています。ハイクオリティーのバッグやジャケットを製造してまして、これがまた、飛ぶように売れるのです」

「それはなによりだね。結婚は?」

「まだですが、この秋の予定です」

「おめでとう。では、お父上にくれぐれもよろしく」

「ありがとうございます。父がどれほど喜ぶことか」

私は車が走り去るのを待ったが、一向に動く気配がない。私たちはしばらく顔に笑みを貼りつけたまま、無言で互いの顔を見ていた。ややあって、男が勢いよく頭《かぶり》を振った。

「いやいや、次にいつお会いできるかわかりません。あなたと奥さまに、心ばかりの贈り物を差しあげたいと思います」

「それはまた今度ということで。そろそろ出発しないといけないので」

「お手間はとらせません。すぐに済みますから」

車から降りてきた男は、迷いのないきびきびとした動作でトランクを開けた。ほら、こちらです。ヴァンダに向かってそう声をあげると、光沢のあるハンドバッグを差し出した。彼女はそれを、手が汚れたら困るとでもいうかのように、迷惑そうに受け取った。次いで男は、私に黒い革のジャケットを選び出し、肩に羽織らせると、完璧だ、とつぶやいた。私は身をよじった。いくらなんでもそれは。とても受け取れない。ところが彼はなにも答えず、妻のほうに向きなおると、ぴかぴか光るバックルのついたジャンパーまで渡そうとした。これはちょうど奥さまのサイズです。いかにも得意げに、そう言いながら。私は、男を制止しようと試みた。君の気持ちには感謝する。だがもう結構だ。これ以上、出発が遅れると渋滞に巻き込まれる。すると男はやにわに態度を変え、それまでの媚びるような表情を強張らせた。どうぞご遠慮なく。お礼なんて結構ですよ。差しあげると言ってるのですから、受け取ってください。ただ、ひとつお願いがあるのです。ガソリン代として何ユーロかいただけないでしょうか。ドイツまで帰らないといけないものでね。いや、どうしてもというわけではありません。過ぎたお願いだとお思いでしたら結構です。贈り物は贈り物として受け取ってください。

私は面食らった。父親、感謝、ドイツの小さな工場、順風満帆の事業。そのくせガソリン代として数ユーロをくれというのか？　そう思いながらも無意識のうちに財布に手をやり、五ユーロ札か十ユーロ札はないかと探してみたが、百ユーロ札しかないことに気づいた。申し訳ないが……とつぶやきつつも、こめかみがどくどくと脈打った。いいや、申し訳なくなどあるものか。そんな物は要らないから、とっとと失《う》せろ。そう口にしかけたところ、一瞬の隙を衝かれた。素早く正確な、おまけに軽やかな動作で、男はピンセットの形にした親指と人差し指を私の財布めがけておろしたかと思うと、百ユーロ札をつまみあげ、慇懃な感謝の眼差しで私を見やりながら抜き取った。次の瞬間には、素早く運転席に座り、ありがとうございました、父がどんなに喜ぶかとわめきながら走り去ったのだ。

電気治療器を届けにきた若い女の詐欺師めいた手口は、苦い後味を残しただけだったが、これには著しく傷ついた。まだ車が通りの向こうに見えているうちから、妻が信じられないという顔で叫んだ。

「あなた、百ユーロも渡したの？」

「いや、渡したんじゃない。持っていかれたんだ」

「こんなバッグ、一チェンテジモの価値もないわ。においだってほら、ひどいものよ。革なわけがない。鱈《たら》みたいなにおいがする」

「全部ゴミ箱に捨ててしまおう」

「とんでもない。捨てるくらいなら赤十字のバザーに寄付するわ」

「それがいい」

「ちっともよくなんかないでしょ。ナポリで育ったくせに、ころりとだまされるなんて、どういうつもり？」

3

それから何時間も運転を続けて、ようやく海が見えてきたものの、ジャケットとハンドバッグから放たれる不快なにおいのせいで、胸がむかむかした。ヴァンダはどうにも納得できないようだった。百ユーロですって？　二十万リラじゃないの。信じられない。それればかり繰り返す。やがて妻の不平も勢いを失い、あきらめの吐息に代わった。でもまあ仕方ないわね、もう考えるのはやめましょう。私はすかさず頷くと、同様に結論めいたことを口にしようと思った。ところが説得力のある言葉はなにも思いつかない。むしろ、どこかを少しでもつつかれたら自分の立場が危うくなるのではないかと感じた。たぶん、配達に来た黒髪の女と古びた歯のペテン師のあいだに、なんらかの関係があると思い込んでいたせいだろう。どちらも私をひと目見ただけで、よし、こいつなら楽勝だと判断したにちがいない。しかも、その読みは正しかったわけだ。私はいとも簡単に口車に乗せられたのだから。明らかに、私のなかの警報装置は機能しないほど劣化していたのだ。あるいは、年をとるにつれて、眼光や口の端に浮かぶ冷笑などに表われる「だませる相手じゃないぞ」という印が褪せてしまったのかもしれない。いや、より単純に、警戒心における瞬発力が鈍ってしまったのだろう。瞬発力があったからこそ、これまでの人生において私は、生まれ落ちた境遇である貧困から脱け出し、子どもたちを育て、困難に満ちた業界で成功し、多少なりとも豊かさを手に入れ、よかれ悪しかれ環境に適応できていたのだ。自分がどのように、どの程度変わったのか厳密にはわからなかったが、もはや変わってしまったことは疑いようのない事実らしかった。

　間もなく目的地というところまで来て、私はまたしても、五十年にわたって人生のバランスを保ってきたデリケートな抑制と均衡のシステムに対するコントロールを完全に失う危険が具体的に差し迫っているという、ちょっとした確証を得ることになった。ヴァカンス気分に浮かれた無鉄砲な車で混み合う道を滅入った気分のまま運転しながら、これまで自分が詐欺に遭ったか記憶をたどってみたものの、思い当たる節はなかった。その代わり、ずいぶん昔、巧みに詐欺をかわしたことがあったのを思い出したのだ。私は長らく続いていた沈黙を破り、自分の思考回路をたどりながら、窓に額を押し当ててまどろんでいたヴァンダに向かって、なんの前置きもなく、ＲＡＩ（イタリア国営放送）まで送ってもらったときのこと――あれは間違いなく春だった――を語りはじめた。それが何年前の出来事だったのかも、なぜ送ってもらったのかも正確には憶えていなかった。もしかすると、行き先はＲＡＩじゃなかったのかもしれないけれど、と私は言った。ＲＡＩで働きはじめる前のことかもしれない。はて、どこへ行ったときだったか……。とにかく、タクシーが目的地に着いたとき、私は運転手に五万リラ札を渡したのに、運転手が、受け取ったのは一万リラ札だと言い張り、口論となった。自分も五万リラ札をはっきり見たと言って私の肩を持とうとした妻にまで、運転手は粗野な態度をとった。そこで私は、当時よくしていたように居丈高な態度をとった。運転手に名前と名字、その他諸々を尋ねたうえで、五万リラを着服しても構わないが、即刻、警察に被害届けを出しにいくと宣告したのだ。最初のうちこそ、名前やらなにやらを吐き捨てるように答えていた運転手も、そのうちに、今日は仕事に出るべきじゃなかった、風邪もひいているっていうのに、いったい誰が好き好んでこんなことを……などと口のなかでぼそぼそつぶやきはじめ、仕舞には然るべき釣り銭を返したのだった。憶えてるだろ？　私は自らの対応を誇らしく思いながら、妻に尋ねた。

妻はびくりと身体を縮め、当惑の眼差しで私を見返した。

「勘違いしてるんじゃないかしら」冷ややかにそう言ったのだ。

「いいや、間違いなくそうだった」

「あなたと一緒にタクシーに乗っていたのは、私じゃないわ」

たちまち胸の奥から羞恥心が噴き出し、顔を燃やすのを感じたが、私はそれを無理やり押し戻した。

「間違いなく君と一緒だった」

「やめて」

「君が憶えていないだけだ」

「やめてって言ったでしょ」

「もしかすると僕一人だったのかもしれない」私はそううそぶくと、話しはじめたときとおなじようにいきなり黙りこくった。

残りの道のりはわずかだったものの、気まずい沈黙が続いた。それでもホテルに到着し、砂浜と海に臨む部屋に通されると、気分も少し回復した。その日の夕食はたいそうおいしかったし、ふたたび部屋に戻るとエアコンは申し分のない利き具合だった。マットレスも枕も、ヴァンダの弱った背骨を優しく保護してくれるものだった。こうして私たち夫婦は持薬を飲み、深い眠りに落ちた。

しだいに私は心の平穏を取り戻した。七日間とも好天に恵まれ、海の水は透明で、のんびりと海水浴をし、散策を楽しむことができた。野畑も家並みものっぺりとしていて、海は時間帯によって青みがかった緑色を帯び、強烈な陽射しの下できらめいていた。そして真っ赤な夕焼け。昼食も夕食もビュッフェ形式だったため、泊まり客のあいだでどれだけ多くの食べ物をせしめるかで日々節度のない競争となり、なぜ皿に目一杯料理を盛らないのかと妻には小言を言われるし、ホールには大人や子どもの叫び声が耳障りに響きわたった。夜の十一時を回ると、危険だから砂浜には出ないようにと客室係が警告してまわり、海側にも道路側にも柵をいくつも設けて眠っている客を包囲した。それでも私たち夫婦は、心地のよいヴァカンスを過ごすことができた。

「なんてさわやかな風だろう」

「こんなきれいな海の水なんて、何年ぶりかしら」

「クラゲに気をつけろ」

「クラゲがいたの？」

「いいや、見てない」

「だったらどうして、そんな驚かすようなことを言うわけ？」

「ちょっと言ってみただけさ」

「せっかくの海水浴を台無しにする気？」

「とんでもない」

ヴァンダがしつこく粘ったお蔭で、私たちはいちばん前の列のパラソルを確保できた。日陰で、まどろみを誘う波打ち際のデッキチェアに寝そべって、妻は科学の教養書を何冊も読みながら、ときおり原子核内部の世界や奥深い宇宙のことを教えてくれるのだった。その傍らで私は小説や詩を読みふけった。ときに小さな声で音読することもあったけれど、妻に読んで聞かせるというより、自分でさらなる喜びを噛みしめたいからだった。夕食後にテラスで涼んでいると、二人同時に流れ星の尾を見ることがよくあり、有頂天になった。そうして毎日、夜空に見惚れ、風で運ばれてくる芳香に身を委ねていると、週の半ばを過ぎる頃には、目の前の砂浜や海だけでなく、地球という惑星全体が奇跡のように思えてくるのだった。休暇の後半は、すこぶる心地よく過ごすことができた。宇宙という溶鉱炉のなかで煮えたぎる恒星の物質が、素晴らしい変化を遂げ、思考能力のある生物の欠片《かけら》となっただけでなく、七十四にもなって、さしたる不調もなく、大災害に遭うこともなく生きていられることの幸運を嚙みしめていた。唯一煩わしいのは蚊で、暗くなると私ばかりを狙って刺し、ヴァンダには手を出さなかった。そのため、妻は蚊なんてどこにいるの、と取り合わなかった。それ以外は、生は喜びに満ち、生きる価値にあふれていた。そして、そんな楽観主義に我ながら驚いていた。普段の私とは相容れない感情だったからだ。

ところが、いよいよ帰る段となったとき——渋滞を避けるため、朝の六時にホテルを出た——状況が悪化した。空に雨雲がたちこめ、大粒の重たい雨が間断なく降りつけるなか、帰路に就いたのだ。すさまじい稲光と雷鳴で、高速道路は来たときよりもはるかにスリルに満ちていた。来たときと同様、ハンドルはずっと私が握っていたが（妻は恐ろしく運転が下手だ）、何度も車線からはみ出しそうになり、とりわけカーブでは、トレーラートラックのタイヤに挟まれかけたり、ガードレールにぶつかりそうになった。

「そんなにスピードを出す必要がある？」

「いや、スピードは出してない」

「車を停めて、小やみになるまで待ちましょう」

「この雨はなかなかやまないよ」

「ああ、恐ろしい。ものすごい稲光」

「次は雷だ」

「ローマもこんなにひどい雷雨かしら」

「さあ、どうかな」

「ラベスは雷が怖いのよ」

「なんとか切り抜けるだろうよ」

海にいるあいだは、サンドロとアンナに電話をし、変わったことはないか尋ねるとき以外、猫の話をしなかった妻だったが、帰りの車内では猫の心配ばかりしていた。ラベスは家の平穏を象徴する存在で、妻は当てずっぽうのナビで私を悩ませながらも、一刻も早く家へ帰りたくてたまらなかったのだ。不安がさらに募ったのは、ローマでも猛烈な勢いで雨が降っていることを目の当たりにしたときだった。道路の両端を雨水が濁流となってくだり、排水溝のまわりには大きな黒い水たまりができていた。やっと帰り着いてマンションの通りに車を停めたのは午後の二時、雨が降っているにもかかわらず、うだるような暑さだった。荷物を降ろしはじめた私に、妻が傘を差しかけてくれたが、それでは二人ともずぶ濡れになってしまうので、家に入っているようにと私は言った。妻は何度か食い下がったものの、仕舞には言うことを聞いて先にあがっていった。私はスーツケースやら鞄やらを抱えて、濡れ鼠になってエレベーターの前に到着した。すると、すでに上階にいた妻が廊下で大声を張りあげた。

「荷物はいいから、急いで来てちょうだい」

「どうしたんだ?」

「ドアが開かないの!」

4

私はヴァンダの言うことにあまり注意を払わなかった。何分か待たせたって天地がひっくり返るわけでもあるまい。そう思ったのだ。そこで、しだいに緊迫度を増す呼び声に対して、わかった、いま行くよ、と冷静に応じながら、スーツケースをエレベーターに詰め込んだ。自分たちの住んでいる階でスーツケースと鞄を降ろしてから、ようやく妻が真剣に焦っていることに気づいた。鍵を開けたものの、どういうわけかドアが開かないらしい。ほら、と彼女は言って、かすかに開いたドアを示した。私も押してみたもののほとんど変化はない。ドアはなにかに引っかかっていた。首がもげそうになるのを我慢して、狭い隙間から無理やり頭だけ中に入れてみた。

「どう？」ヴァンダが、まるでそのままどこかへ落ちてしまうのではあるまいかというように、私のシャツをぎゅっと握りしめながら不安そうに尋ねた。

「恐ろしい散らかりようだ」

「どこが？」

「家のなか」

「誰がそんなことを？」

「さあ、わからん」

「サンドロに電話してみる」

息子たちは入れ替わりにヴァカンスへ発ったことを私は妻に思い出させた。サンドロは確実にその日の朝、コリンヌとの子どもたちを連れてフランスへ発ったはずだし、アンナだってどこにいるのかわかったものではない。とにかく電話してみる、と妻は言った。日頃から、私よりも息子を頼りにしているのだ。ところが、バッグのなかの携帯を探しはじめたと思ったら、すぐに手を止めた。ラベスのことを思い出したのだ。妻は大声を張りあげて猫の名前を呼びながら、出てくるように言った。しばらく待ってみたものの、なんの物音もしなければ、鳴き声も聞こえない。そこで二人で力を合わせ、何度もしぶとくドアを押すうちに、ぎーっと床を引っかく音がして、わずかだった隙間がひろがった。まず私がなかに入る。

普段ならばきれいに片づいている玄関が、目も当てられない状態だった。高潮にでも押し流されたかのように、リビングにあったはずのソファーとテーブルが積み重なっている。入り口には昔アンナが使っていた勉強机が横たわっていた。引き出しはどれも抜け落ちていて——あるいは引き抜かれたのかもしれない——、娘が幼少期や思春期に使っていた古いノートや鉛筆、ペンやコンパス、三角定規などのあいだに、一本は立ったまま、残りはどれもひっくり返った状態で、床のあちこちに散らばっていた。

何歩か注意深く家のなかへ入っていったところ、靴底の下でじゃりじゃりという感触がした。

つい先日まで置き物や装飾品だったさまざまなものの破片や残骸だ。妻の声がする。アルド、アルド、どうしたの？　大丈夫？　調べてみたところ、ドアが開かなかったのは、床に無数に散らばった破片のひとつが挟まっていたからだった。私はそれを取り除き、ドアを開けた。ヴァンダが、つまずいて転びでもしたら大変とばかりに、屁《へ》っ放《ぴ》り腰で入ってきた。顔面蒼白で、日焼けした肌がへどろのような緑色に変わっている。いまにも気絶しそうに見えたので腕をつかんで支えようとしたところ、妻は私の手からすり抜け、なにも言わずに急ぎ足でリビングへ向かい、かつて子どもたちが使っていた部屋、キッチン、バスルーム、寝室と、順に見てまわった。

私は完全に出遅れた。掌握しきれない状況を目の前にすると、私は概して動きが緩慢になる癖があった。軽率な行動を慎むためだ。ところが妻は、一瞬戸惑ったのち、やみくもに恐怖のなかへ飛び込んでいき、ありったけの力をふりしぼって戦うのだった。知り合ったばかりの頃から彼女はいつもそうしてきたし、今回も例外ではなかった。廊下から部屋へと歩きまわる妻の足音を聞きながら、私はまたしても、そして前にも増して、自分がもろく傷つきやすいと感じていた。しばらく周囲を見まわしてから、書斎をのぞきに行った。割れたガラスや外れた額、裂けた棚、ばらばらになった本、ビニール盤のレコードの破片などに混じって、ほんの一週間前まで壁に飾られていた何枚もの版画まで床に散らばっている。私はできるだけなにも踏まないように、注意しながら歩みを進めた。古いカプリ島の風景画を拾いあげたところへ、ヴァンダが入ってきて言った。なにをしているの、そんなところで突っ立ってないで、見にきてちょうだい。大変なことになってるんだから。妻は待ちきれずに、壊滅的な状況を言葉で描写しはじめた。洋服箪笥の中身は全部引っぱり出されてるし、ハンガーや服があたり一面に散らばってるの。ベッドだってめちゃくちゃだし、家じゅうの鏡は容赦なく粉々、鎧戸もひとつ残らず巻きあげられ、窓もバルコニーもみんな開け放たれてるから、どれだけの虫や小動物が入り込んだかわかったものじゃないわ。トカゲとか、ヤモリとか、たぶんネズミも……。そう言うと、わっと泣き出した。

私は嫌がる妻をふたたび玄関まで引きずっていった。場所をふさいでいた勉強机を隅に寄せ、ソファーの上にかぶさっていたテーブルを床におろし、横になっていたソファーを起こすと、妻を座らせた。ここで座ってるんだ。心ならずもうんざりした口調で言い聞かせると、部屋を一つひとつ見てまわりながら、あまりの光景に唖然とするばかりだった。物が散乱していない部屋はひとつもなく、このマンションで最低限の生活ができるようになるためには、何日もの時間と労苦、そして金が必要だった。CDプレーヤーは床に放り出され、そのまわりには虹色に輝くディスクや、ボックスにきちんと整理されていたはずの古い書類、子どもの頃にアンナが集め、厚紙の箱にしまっておいた貝殻——いまや靴底で踏みつけられて、無数の細かな破片となっていた——などがぶちまけられていた。リビングも、書斎も、子どもたちの部屋も、とにかく至るところ、長年使って愛着を感じていた家具に、さまざまな形で傷がつけられていた。バスルームも例外ではなく、惨憺たるありさまだった。薬類、コットン、トイレットペーパー、チューブから絞り出された歯磨き粉、鏡の破片、液体石鹸などが四方八方に飛び散っている。

私は重苦しい悲しみを感じた。といっても、それは私の感情ではなく、ヴァンダの悲しみだった。まるで生き物であるかのように家の世話をしていたのは妻だったからだ。彼女は、毎日家じゅうを磨きあげ、整理整頓し、何年ものあいだ、子どもたちにも私にも専制的な規則を遵守するように強いてきたのだった。すべての物がいつも然るべき場所にあり、探す必要がないのは、そんな妻のお蔭だった。私は妻のもとへ戻った。先ほどと同様、玄関の薄暗がりに座っている。

「誰がこんなことを？」

「空き巣だろう、ヴァンダ」

「なにを盗むために？　うちには価値のあるものなんてなにもないのに」

「だからだよ」

「どういうこと？」

「なにも見つからなかったから家を荒らしまくったのさ」

「どこから忍び込んだのかしら？　ドアの鍵はかかったままだったわよ」

「バルコニーからか、窓からか……」

「キッチンの引き出しに五十ユーロ入っていたはずだけど、盗まれてる？」

「さあ」

「お母さんの形見の真珠のネックレスは？」

「わからない」

5

「ラベスはどこなの？」

そうだ、猫だ。いったいどこへ行ったのだろうか。ヴァンダはいきなり立ちあがると、憤ったように呼びはじめた。妻よりは小さな声で、私も呼んでみた。二人して猫の名を呼びながら、部屋という部屋を捜しまわり、窓の外やバルコニーをのぞいた。もしかすると下に落ちたのかも、と妻がつぶやいた。うちは四階だった。窓の下は中庭になっていて天然の石がある。それはないだろう、と私は彼女を安心させた。どこかに隠れているんだろうよ。おそらく怖い思いをしただろうからね。とつぜん家に押し入ってきた余所者に対する恐怖。見知らぬ人が私たちの物に触ったのではあるまいかという嫌悪。そのとき妻が、唐突に疑問を呈した。まさか殺されたんじゃないでしょうね。そして、私が返事をするのも待たずに、目でこう言った。そうよ、きっと殺されたんだわ。妻は猫の名を呼ぶのはやめたものの、ふたたび家じゅうを血眼になって捜しはじめた。物をどかし、ひっくり返っている家具の隙間に潜り込み、倒れずに立っている家具のなかを調べている。私は妻の先回りをしようとした。空き巣たちは、尋常でない怒りに駆られて家財道具に振るった暴力を、ラベスにも向けた可能性がある。妻よりも早く猫の死体を見つけ出し、できることなら隠したかった。冬服がしまってある物置き部屋を見に行きながら、ホラー映画のように、八つ裂きにされたか首を絞められた猫がコートのあいだからころりと出てくるにちがいないという確信を抱いた。ところが、そこもやはりめちゃくちゃに荒らされていただけだった。スチールのハンガーポールはむしりとられ、服は床に散乱していたが、ラベスの姿は跡形もない。

ヴァンダは安堵したらしかった。猫はまだ生きているという期待が持てただけでなく、猫を捜索している最中、妻が所有している唯一の宝飾品である亡母の真珠のネックレスが、意外にも引き出しの、いつもしまってある場所で見つかったばかりか、流しの下からは、彼女がキッチンの引き出しに隠しておいたへそくりの五十ユーロが、ぶちまけられた洗剤の下から出てきたのだった。すると、妻には空き巣たちがにわかに間抜けのように思えてきたらしかった。どんな宝を探していたのかは知らないが、家じゅうを引っ掻きまわし、手当り次第に物を壊しておきながら、真珠のネックレスにしろ、五十ユーロにしろ、盗む価値のある数少ない品を見落としたのだから。よかったじゃないか。私は妻を慰めた。少し休んだらどうだ。そう言いながらも、書斎やリビングのバルコニーからもう一度下をのぞき、賊はどのようにして四階まで忍び込んだのか調べてみた。同時に、妻に気づかれないよう注意しながら、中庭にラベスの痕跡がないか探した。二階の庇《ひさし》にある、あの黒っぽい染みはなんだろう。まさか生温い雨にも流されずに残った血ではあるまいな。

賊は――二人組か、あるいは三人組？――雨どいをよじのぼり、軒蛇腹を伝って、うちのバルコニーに侵入したにちがいないと私は確信した。そうして力ずくで鎧戸をこじ開け、いいかげん古くなっていたフランス窓を、ガラスを割るまでもなく蝶番《ちょうつがい》から外し、押し入ったのだ。面格子を設置するべきだった。私は隣近所の窓やバルコニーに視線を走らせながら、悔恨の念とともに独りごちた。とはいえ、護るものなどなにもないのに、なぜ防護する必要があるのだろう。私は部屋に戻りかけた。めちゃくちゃに荒らされた家よりも、その瞬間、もぬけの殻で、ひっそりと静まり返った建物そのものが私の不安を掻きたてた。私も妻も、受けた被害と屈辱を誰かに見せて憤懣《ふんまん》をぶちまけたり、連帯意識や助言を求めたり、周囲の同情を得たりすることはできなかった。マンションの住民の大半がヴァカンスに行ってしまい、人の声も足音も聞こえなければ、ドアが閉まる音もしない。ありとあらゆるものが、雨模様の灰色にくるまれて質感を失っていた。ヴァンダは私の思考を見透かしたらしく、こう言った。スーツケースを家のなかに運んでちょうだい。ナダールがいるか見てくるわ。そうして私が承諾するのも待たずに出ていった。私と二人きりで家にいることに耐えきれなくなったのは明らかだった。階段を下りていく妻の足音が聞こえた。二階で立ち止まり、長年の友人の家のドアをノックしている。彼は、基本的にヴァカンスには行かない、マンションでただ一人の住人だった。

私はスーツケースを家のなかに引きずり入れた。物が散乱した家のなかで、そこだけが秩序の塊のように思えた。スーツケースの中身はほとんどが汚れた衣類だったのだけれど、それだけが唯一、汚染されていない自分たちのもののように思えたのだ。妻の声と、二階の住人の声が鮮明に聞こえてきた。取り乱した口調で話す妻に、ナダールが、教養のある紳士らしい控え目な声で、ときおり相槌を打っている。ナダールは年金暮らしの元司法官で、九十一歳。高齢にもかかわらず頭脳明晰で、たいそう人当たりのいい人物だった。私は廊下に出て、階段の吹き抜けから下を見た。杖をついたナダールの頭の両脇に、白い髪がわずかながら生えているのが見えた。耳の遠い人特有の大声で、洗練された言い回しを多用した慰めの言葉をかけながら、妻の力になろうとしている。言われてみれば確かに物音が聞こえましたが、夜更けではなく、どちらかというと夕方くらいでしたね。ローマは今日までずっと雨が降っていたものですから、てっきり雷かと思っていました。ですが猫の鳴き声でしたら、ひと晩じゅうはっきりと聞こえました。

「どこで？」すかさず妻が訊いた。

「中庭です」

ヴァンダは頭をあげて、階段の上にいる私の姿を認めた。

「あなたも来てちょうだい。ナダールが庭で猫の鳴き声を聞いたんですって」妻はうわずった声で言った。

私は気乗りのしないまま、妻のいるところまで下りた。できることなら、そのまま家に鍵をかけて、海に戻りたかった。雨がまだやんでいないから、あまり無理は禁物だと忠告したにもかかわらず、ナダールは私たちと一緒に猫を捜すと言い張った。三人で猫の名を呼びながら、私たちは中庭を歩きまわった。私は少しも集中できずにいた。頭のなかにさまざまな考えが浮かんだ。雨が血の痕を消してくれてよかったとか、誰にも邪魔されずに死んでいくためにラベスは念入りに身を隠したのだから、見つかりっこないだろうなどと考えていたのだ。その合間にナダールの様子をこっそり観察した。痩身で、腰が曲がり、桃色がかった皮膚が額と頬骨のあたりだけ異様にひきつっている。これほどの長生きをするとして、私の未来がこの男だというのだろうか。あと二十年。妻と二人で二十年。妻と私の住むこの家に、たまにサンドロとその子どもたちが顔を出し、たまにアンナが顔を出す。なんとか元通り片づけて、暮らしを取り戻さなければ。こんなふうに時間を無為に過ごしている場合ではない。

そのときナダールが自分の額をぽんと叩いた。なにか重要なことを思い出したらしく、こんなことを言い出した。

「ここ何日か、何度もお宅の呼び鈴が鳴っていました」

「誰でしたか？」

「わかりませんが、インターフォンの音が聞こえたんです」

「うちの？」

「ええ」

思わず皮肉が口をついて出た。

「インターフォンの音は聞こえるのに、泥棒が家をめちゃくちゃに荒らす音は聞こえないのですか？」

「耳が遠いものでね」とナダールは弁明した。小さな物音には細心の注意をはらうのだけれど、大きな音はまったくと言っていいほど気にかけない。

「何度くらい鳴っていました？」

「五、六回でしょうかね。一度は、午後でしたか、上からのぞいて見たこともありました」

「誰だったんです？」

「若い娘さんでした」

ナダールは、私の妻まで「若い娘」と言うことがあったので、その女性の容貌を具体的に描写するように頼んだ。彼の説明は曖昧だった。

「背が低くて、髪の色は黒っぽく、年齢は三十歳よりも下。ポストに広告を入れたいのだと言っていました。ですが私は開けませんでした」

「うちのインターフォンを鳴らしていたのは間違いないのですね？」

「ええ、間違いないです」

「そのあとは？」

「昨日の夕方にも」

「やはりおなじ女性だったのですか？」

「わかりません。二人連れでした」

「若い女性が二人？」

「男と女です」

噴水の脇にいたヴァンダが私に手招きをした。ひどく蒼ざめてやつれた顔に、緑の瞳がぎらりと光っている。

「ここに小鳥が死んでるの」

私には妻の言いたいことがわかった。ラベスは飛ぶものならなんでも捕まえる、並外れた狩人なのだ。私はナダールをその場に残し、妻のもとへ駆けつけた。雨にそぼ濡れて、白い髪が頭皮に貼りついている。なんのヒントにもならない。私は妻に言い聞かせた。家に戻ろう。とにかく僕は警察に行ってくる。ところが、妻は威勢よく頭《かぶり》を振った。一緒に行きたいというのだ。ナダールまで、退官してから二十年も経つのに、いまだに自分には現役の司法官並みの権限があると思い込んでいるらしく、なにかのお役に立てるかもしれないからと言って、あとをついてきた。

6

傘から雨のしずくをぽたぽたと垂らしながら最寄りの警察署に出向いた私たちは、狭い部屋で制服姿のたいそう礼儀正しい若者に迎えられた。真っ先に名乗り出たのはナダールだった。名前と名字——ナダール・マロッシ——はもちろんのこと、役職を強調した。元控訴裁判所長官。貫禄のある正確さで手短にことの顛末を説明してから、自分のこと、とりわけ二十世紀後半というひどく入り組んだ時代にどんな経験を積んできたのかを語りはじめた。若い警察官は、死人のお喋りに耳を傾けるために冥界に下ったかのように話を聞いていた。

私は何度もナダールの話に割り込み、ヴァカンスから帰ってきたときのマンションの状況を説明しようとした。ところが、ようやく自分が話せる段になると、どうにも抑えきれなくなった。それまでのナダールの自己顕示欲が鼻につき、若い警察官に、自分も一廉《ひとかど》の人物であることを知らしめずにはいられなくなったのだ。そこで、自分の名前を二度、三度と繰り返し告げ——アルド・ミノーリ、アルド・ミノーリ、アルド・ミノーリ——、相手の反応をうかがった。警察官がなにも言わないので、一九八〇年代のテレビ番組の話をした。ほとんど一人でプロデュースし、私の知名度を飛躍的に高めてくれた番組だ。警察官は、当時はまだ生まれていなかったか、赤ん坊だったかのどちらかで、テレビ番組のことも、私の名前も聞いたことがないらしかった。彼は居心地の悪そうな笑みを浮かべると、辛抱強く言った。「我々の問題に話を戻しましょう」その口調にこめられた権限は、彼がまさにいま手にしているものであり、ナダールと私がはるか昔に失ったものだった。

私は狼狽し——総じて私は言葉を慎重に加減し、長話はしない性分だ——、泥棒にマンションをめちゃくちゃに荒らされたことを説明しはじめた。ところが、話はそこでまたしても脱線し、女性配達員から五ユーロ余分に支払わされたことや、一週間前にマンションの前で男にだまされたことを脈絡なく話し出した。それだけでなく、自らナダールに話を振り、私たちの留守のあいだ何度もインターフォンを押していたという若い女と、前日の夕刻に訪ねてきたという男女のことを話すようにうながした。彼はまた自分が話せることに有頂天で、不可欠とは思えない細部にまで逐一触れながら、インターフォンが押されたときのことを一回ずつ説明した。そして背後のドアが開くまでひたすら話しつづけた。私たち三人が振り向くよりも早く、誰かが若い警察官になにやら身振りで合図をした。すると若い警察官は笑い出し、もとの冷静な態度を取り戻すまでにしばらくかかった。やがて、失礼しましたとつぶやいてから、尋ねた。

「なにを盗まれたのですか？」

「なにを盗まれたか……」私は妻に向かって質問を繰り返した。すると、それまでじっと黙っていた妻が、口のなかでぼそっと言った。

「なにも」

「金製品は？」と警察官。

「私が持っているのはこのイヤリングだけですが、いつもして歩いているので盗まれる心配はありません」

「ほかにジュエリーはお持ちでないのですか？」

「母の真珠のネックレスがありますが、盗まれずに済みました」

「念入りに隠してあったのですか？」

「いいえ」

私が口を挿《はさ》んだ。

「泥棒たちは、家じゅうを荒らしていきましたが、やみくもに引っ掻きまわしただけで、キッチンの引き出しにあった妻のへそくりの五十ユーロにも気づかなかったようです。腹いせにぶちまかれた洗剤の下から紙幣が出てきました」

若い警察官は腑に落ちない顔をして、どちらかというとナダールに向かって言った。ロマの仕業ですね。窓やバルコニーから忍び込み、万が一住人が帰ってきても開けられないようにドアの前に家具を積みあげてから、家探しをはじめるのです。いいですか、彼らの目当ては金製品。なにも見つからないと、腹いせに物を手当り次第に壊すのです。私は訂正した。ドアの前に家具が積みあげられてはいませんでした。ドアが開かなかったのは、いろいろな物の破片が挟まっていたからです。それからこうもつけ加えた。うちに捜査員を派遣して、指紋などが残されていないか調べていただけませんか。すると警察官は、それまでの忍耐強さを失いかけた。有無を言わせぬ口調と、義務教育をきちんと受けた若者らしい言葉遣いで、テレビと現実は別ものであり、この手の事件は次から次へと起こるのだからすべてを相手にすることはできない、寝込みを襲われて殺されなかっただけ幸運だったと思うのですね、と言った。さらに、いまは政府が警察力を削減し、軍事力を強化しているが、貧困が進んでいる昨今の社会において、市民の安全を危険にさらすものであり、おそらく民主主義にとっても脅威となり得るのではないかと続けた。つまりは、かつて司法官だったということも、かつてテレビに出ていたということも、今日の世の中がこれほど醜いのは自分たちの責任だと認めているようなものだと、私たちにそれとなくわからせたのだった。そのうえで、窓に面格子を設置し、外部から何者かが侵入した形跡があったら、近くをパトロールしている警官に直ちに知らせが届く警報システムを導入するように助言した。一方で、家になにも盗まれるようなものがないのなら、果たしてなんの役に立つのかわかりませんけれどと、あからさまな皮肉をこめて付け加えるのも忘れなかった。

そのとき、話を聞いていた妻が椅子の上でもぞもぞした。

「猫が見つからないのです」

「はあ」

「連れていかれたのかもしれません」

「なんのために?」

「わかりませんけど……身代金を要求するとか」

警察官は、私にもナダールにも見せなかった好意的な笑みを妻に向けた。ミノーリ夫人、あらゆる可能性がありますが、いまは悪いほうに考えるのはやめにして、物事のよい面だけを見るようにしてください。今回のことは、お宅を整理するのによい機会だと捉えたらいかがでしょうか。不要なものをすべて処分し、持っていたことを忘れていた使える品々を再発見する。もしかすると猫は、チャンスとばかりに恋人を探しに行ったのかもしれませんよ。

それを聞いて、私も、ナダールも笑った。

ヴァンダは笑わなかった。

7

　家に帰るころには、雨はあがっていた。下の階の住人はなかなか帰ろうとせず、壊滅的な被害を直接自分の目で見たいと言って、うちのなかにまであがりこもうとした。まったく、なんて愚かな老人なんでしょう、と妻は憤っていた。昔の自慢話なんかして、警察官、うんざりしてたじゃない。あなただってていい勝負よ。私は反論しなかった。認めるのはひどく気の滅入ることだったが、妻の言うとおりだからだ。せめてキッチンだけでもと思い、片づけはじめた妻を手伝うことにした。ところが間もなく追い出された。仕事がややこしくなるだけだというのだ。所在をなくした私は、書斎のバルコニーに出た。散々雨が降ったあとだったので、少しは涼しくなったかと期待したが、相変わらず蒸し暑く、汚れた汗が髪やワイシャツを濡らした。

　ヴァンダが、夕飯の支度ができたと、いくらか横柄な口調で私を呼んだ。食事のあいだ私たちはほとんど口を利かなかった。しばらくすると妻がまた、子どもたちに電話をするべきだと言い出した。私は反対した。それでなくとも二人はややこしい生活をしているんだから、せめてヴァカンスの最中ぐらいそっとしておいてやろうじゃないか。サンドロはいま頃、プロヴァンスの義父母の家に着いたばかりのはずだし、アンナは、誰かは知らないけれど新しい彼氏と一緒にクレタ島に行くと言っていた。余計な心配をかけて邪魔をするのはよそう。私は子どもたちのことを護ろうとして言ったのだけれど、妻はそれでも二人にメッセージを送りたがった。こんな感じの文面だ。うちに空き巣が入って、ラベスの姿が見当たらないの。アンナからはすぐに返信が来た。いつもどおり簡潔だ。それは大変。お気の毒に。あんまり無理しないでね。一方のサンドロは、これまたいつもどおり、たいそう几帳面な文章が一時間後に送られてきた。昨日の晩、マンションに行ったときには、二十一時から二十一時三十分まで滞在した。その時間には家はいつもどおりきれいに整理整頓されていて、ラベスは元気いっぱいだったと、警察に伝えたほうがいいという内容だった。末尾は私たちに対する思いやりに満ちた言葉で結ばれていて、せめて今晩だけでもホテルに泊まるようにとの助言が書かれていた。

ヴァンダには、私の存在より子どもたちからのメッセージのほうがよほど慰めになったようだ。私はむしろ彼女の神経を逆なでするらしかった。夕飯のあと一緒に寝室を片づけはじめたものの、私は不意にタクシー運転手の話をしたときの彼女の反応を思い出した。物が散乱している混沌とした状況で、私の持ち物のなかから、妻を悲しくさせるものや憤らせるものが出てきたらどうしようと不安に駆られたのだ。そこで、ベッドがなんとか眠れる状態になったところで、横になるように妻を説得した。

「あなたは？」

「リビングを少し片づけてくる」

「物音を立てないようにしてよ」

私は真っ先に、何十年も前にプラハで買った重たいメタルキューブが然るべき場所にあるか確かめた。書斎の書棚のいちばん上。電気治療器の配達に来た女が気に入っていた、底が縦横二十センチ、高さが二十センチの、青く塗られたオブジェだ。ヴァンダはあまり好きでなかったが、私にとっては大切な品だった。この家に越してきたとき、長いこと言い争った挙句、あまり気に入っていないほかの装飾品と一緒に書斎の書棚のいちばん高いところにしまうことにしたのだった。私はそれを、下からではほとんど見えないくらいに棚の奥までしっかりと押し込んだ。妻の好みを尊重してというのが建前だったが、本音では、妻がその存在をしだいに忘れてくれることを期待していた。六面のうちの一面の中央を強く押すと蓋のようにひらく仕掛けになっていることを、妻は知らなかった。私はその細工が気に入って、キューブを購入したのだ。人には見られたくないものをしまっておくのに好都合だった。いまにも落ちそうなくらい飛び出してはいたものの、書棚の然るべき位置にオブジェがあるのを確認して、私は安堵した。

8

寝室からリビングと書斎を仕切っているドアをそっと閉めた。窓を開け放したバルコニーからは、ようやく吹きはじめた雨上がりの涼風がバジリコの香りを運んできた。ヴァンダが寝たいま、無理して彼女を安心させるような態度をとる必要がなくなったため、胸のうちで急激に不安が頭をもたげはじめた。近頃では、どんな些細な心配事でも、いったん頭のなかに入り込むと、強迫観念のようにどんどん膨らんでいき、追い払えなくなるのだった。そのときは、私から百ユーロだましとった男と、五ユーロ余分に支払わせた若い女の姿が脳裏にちらつき、二人がぐるなのではあるまいかという疑念が突然ふつふつと湧いてきたのだった。二人が共謀してマンションに襲撃を仕掛けたか、より単純に、うちの住所を泥棒に売ったのかもしれない。そんな仮説がしだいに根拠のあるもののように思えてきて、うちのインターフォンを押していたとナダールが話していた男女も、いつの間にか頭のなかで二人の顔になっていた。そればかりか、最初の襲撃の収穫に不満を抱き、ひょっとするとより腕の立つ連中を送り込むか、あるいは彼ら自身がまた押しかけてくるのではないかと思えてきた。今晩は眠るまい。私は心のなかでそう誓った。起きて待ち伏せしてやるのだ。

この私が？　賊を待ち伏せ？　だが、どのようにして、どんな覚悟で立ち向かうのか。どこにそんな力があるというのか。

しばらく前から私は、寄る年波に勝てなくなっていた。階段の二段を一段と勘違いして転倒するリスクが少なからずあり、耳はナダールよりも遠く、緊急事態や危険を前にしても身体が瞬時に反応しないことを自覚する必要があった。それだけではない。たとえば薬はさっき飲んだばかりだとか、ガスはもう消したとか、水道の蛇口は閉めたとか思いながら、その実、一連の動作をしようと頭のなかで考えただけだったということがしょっちゅうあった。どれくらい前に見たかもわからない夢の断片を実際にあった出来事と勘違いすることもあった。また、文字を読むときに言葉を取り違えることもますます頻繁になっている。ついこのあいだなどは、通りがかりの門扉にあった活字体の貼り紙の前で我が目を疑った。「法律自殺《スイチディオ》の入り口はこちら」と書かれていると思って慄《おのの》いたら、「法律相談《ストゥディオ》の入り口はこちら」と書かれていたのだった。とりわけここ何日かは、自己防衛能力が衰えているのを他人に見透かされて、付け入られているのは火を見るより明らかだった。そのせいで、己がひどく滑稽に思え、自分にこう言い聞かせた。おまえは老いぼれて頭がどうかしてるんだ。今日のところはざっと片づけるだけにして、さっさと寝るんだな。

　そうは言っても、どこから手をつけたらいいのやら皆目見当がつかない。書斎とリビングの荒らされ具合を確認したうえで、捨てるしかないものをすべて玄関に集めることにした。二台のパソコンの状態を調べたところ、奇跡的に機能した。一方、音楽を聴いたり映画を観たりする機器のほとんどは使い物にならなかった。床に散乱したものを箒でそれぞれの部屋の隅にかき集める。本、花瓶や置き物の破片、昔の写真、古いＶＨＳテープ、レコード盤、おびただしい数のヴァンダのノート、ＣＤにＤＶＤ、紙、書類、さまざまなオブジェ……。賊はありとあらゆる物をロフトや引き出し、棚などから引きずり出してぶちまけたのだ。

　ひどく骨の折れる仕事だったが、ひと通り終えてみると、いくらか空いたスペースが確保できたので、私は満足した。次に書斎でかき集めた物を分類してみる。小さな呻《うめ》き声をあげながら床にしゃがむと、破片は破片、本は本、紙は紙といった具合に、それぞれの山を作った。最初のうちはてきぱきと作業を進めていた。少なくない数の書籍が半分に裂けていたり、表紙がなくなっていたり、ばらばらになっていたりというありさまに胸が痛んだ。だが嘆いていても仕方あるまい。私はそのまま仕訳《しわけ》の作業を続け、一方にまともな状態の本を、もう一方に台無しになった本を積みあげていった。ところが途中で、たまたま手にとった本の頁をめくるという過ちを犯し、いつだったかは憶えていないが、かつて確かに私が下線を引いた文章を読むともなしに読んでいた。不思議でならなかったのだ。なぜその言葉を丸で囲ったのか。いま読み返してみると大して意味がないとしか思えない文章の脇に感嘆符が書き込まれているけれど、なにが私にそうさせたのか。目を覚ましたヴァンダを落胆させないように片づけを始めたことなど、いつしかすっかり忘れていた。暑いし、家が安全だとは思えず、賊がまた戻ってきて私たちを脅し、ベッドに縛りつけ、殴るのではないかと不安が募って、寝つけなかったから片づけているのだということも忘れていた。そして、過去に自分が引いた下線に夢中になっていた。何ページもの文章を読み返し、それぞれの本を読んだのは何年のことだったのか（一九五八年？　一九六〇年？　一九六二年？　結婚する前？　そのあと？）を思い出そうとしていた。読み返しながら私が追っていたのは、そこに書かれた作家の意識の動きではなく――もはや忘れ去られた作家で、ページは黄ばみ、現代の文化的趨勢から取り残された概念であることも少なくなかった――己の意識の動きだった。すなわち、かつての自分にとって正しいと思えたこと、抱いていた信念、思想、形成途上の自己だったのだ。

夜も更け、あたりは完全なる静寂に包まれていた。当然ながら、下線や感嘆符のひとつとして、自己を見出せるものはなかった（頭のなかに入ってくる美しい文章にいったいなにが起こるのか。いかにして私たちの心の琴線に触れ、いかにして意味を失い、見分けがつかなくなり、当惑させ、滑稽にすらなるのだろう）。そこで私は作業を中断し、本を放置することにした。代わりに、読書記録の紙やメモ、十代の頃に書いていた長篇や短篇小説のノート、自分が執筆した記事や私について書かれた記事など大量の新聞の切り抜きを箱やファイルにしまいはじめた。膨大な量の紙だけでなく、ラジオ番組の録音テープや、黄金期にテレビ出演したときの録画テープやDVDなども一緒にしまった。どれもヴァンダが、私のしていることには大した興味を示さないくせに、几帳面に保管していたものだった。すると、決して短いとはいえない人生を私がどのように過ごしてきたのかを物語る結構な量のものが集まった。その資料が果たして私なのだろうか。読んだ本に引かれた下線が私なのだろうか。本のタイトルや引用文がびっしりと書き込まれた紙が私なのだろうか（例えばこんな文章が書き留められていた。「現代の都会は家畜の飼育場のようなものだ。家庭や学校や教会は子どもたちの肉処理場であり、寄宿学校や大学は調理場に相当する。そして大人になると、結婚や仕事を通して完成品を食すのだ」そうかと思えば、こんな文章もあった。「愛の出現は、我々の人生におけるあらゆる善き社会的秩序を破壊するものである」）。二十歳のときに認《したた》めた、長ったらしい小説が私なのだろうか。昼夜の別なくラバのように働いて一財産を築き、それを父親に渡すことによって、父親からも生まれ育った家からも解き放たれた若者の物語だ。七〇年代の半ばに化学工場の工員の労働条件について新聞に寄稿した囲み記事が私なのだろうか。政党綱領をめぐる発言が私なのだろうか。ライン生産方式での工員労働を疑問視する書籍の書評が私なのだろうか。大都市の日常風景（渋滞、銀行や郵便局における腹立たしい行列）をめぐるちょっとした愉快な思いつきのメモが私なのだろうか。多少なりとも名を知られるきっかけとなり、その後いくつかの変遷をたどり、それなりに成功したテレビ番組の制作者となるきっかけとなった皮肉たっぷりの考察が私なのだろうか。あちらこちらの媒体で掲載された物憂げなインタビュー記事が私なのだろうか。八〇年代から九〇年代にかけてのテレビ業界のために私が発案したことについて、何某《なにがし》の書いた否定的な批評や、あるいは別の何某の書いた肯定的な批評が私なのだろうか。テラスを模した一角で、真昼を再現する照明を浴びて動いている身体が私なのだろうか。三十年も前の、和やかに対話するようでいて、実は尊大な声が果たして私なのだろうか。そのうちに、一九六〇年代から自分がいかにがむしゃらに働いてきたかを思い出した。いわゆる自己実現のために過酷な労苦を強いてきたわけだが、果たしてこれが実現と言えるのだろうか。何十年分もの手書きの原稿や印刷物の堆積が？　下線やカード、ページや新聞、フロッピーディスクやUSBメモリ、ハードディスクやクラウドといったものからなる痕跡が？　実現された私だというのか？　現実の私？　すなわち、リビングから溢れ出し、アルド・ミノーリと入力しさえすれば、グーグルのアーカイブにまで達する情報のカオスが？

私は自らに規律を課すことにした。もう何も読まない。拾い読みもしない。そうしてふたたび選り分ける作業に集中した。おびただしい数のヴァンダのノートを段ボール箱にしまった。

数字がいくつもいくつも書き込まれた、一九六二年から現在に至るまでの我が家のやりくりが几帳面に書き留められた歴史だ。収入と支出が詳細に記された方眼紙なのだが、妻が同意さえしてくれれば、そろそろ捨てても構わない頃合いのはずだった。私は部屋の中央に捨てるべき本を積みあげ、状態のいい本は、壊れずに残った書棚に適当にならべた。テーブルの上には新聞の切り抜きが入った書類ボックス、ノートの入った箱、VHSやDVDの入った段ボール箱などがならんだ。集めた破片をゴミ袋に入れたところ、袋が何か所も破れたので、袋ごと別の袋に入れなおした。次いで写真も一か所に集めることにした。大昔に撮った写真も比較的最近の写真もごちゃごちゃになっている。

私はもう長いこと古い写真を見ていなかった。あまりよく撮れているとも思えなかったし、興味もなかった。いまやデジタルの写真にすっかり馴染んでいて、私もヴァンダもパソコンにたくさん溜め込んでいる。山やキャンプ場、蝶、咲いたばかりや蕾のバラ、海、街並み、モニュメント、絵画、彫刻、それに家族や親戚。息子の元妻や娘の元旦那、新しいパートナー、孫たちに至っては成長のあらゆる過程がもれなく写真に収められているし、孫たちの小さな友達まで、これでもかという数の写真が保存されていた。とにかく、これほど大量のデータで人生を記録したことはなかった。現在と、そして比較的近い過去。遠い過去は触れないほうが無難だ。

私は自分の写真を極力見ないようにしていた。年をとってからの自分は嫌いだったし、若い頃の自分も好きになれた例《ためし》がなかったからだ。その代わり、幼い時分のサンドロとアンナを見た。実にかわいかった。十代の頃に二人が付き合っていた彼女や彼氏の写真もあった。感じのよい子ばかりだったけれど、いつの間にか姿を消した。すっかり忘れていた私や妻の友達の顔もあった。一時期あれほど頻繁に会っていたのに、名前すら忘れてしまったか、あるいは距離ができて、よそよそしく名字で呼ぶようになった人たちだ。私はマンションの中庭で撮った写真をしげしげと眺めた。誰が撮ったものかは定かでない。たぶんサンドロだろう。ここのマンションに越してきた当初の写真だ。私とヴァンダと一緒にナダールも写っていた。計算したところ、当時ナダールはすでに六十を過ぎていたはずだった。それでも、いまの彼と比較すると若々しく見えた。年をとってからも人は変化しつづけるものなのだと、私は彼の姿を見つめながら思った。その写真のナダールは、背が高く、人好きのする容貌で、頭にはまだ髪も残っていた。写真をしまおうとしたとき、私はヴァンダの姿に目を奪われた。一瞬、見知らぬ女性のように思えて驚いたのだった。いくつぐらいの時だろう。五十、いや、四十五？　彼女のほかの写真も見てみた。とりわけ白黒の写真。すると、知らない女性を前にしているという印象がますます強まった。彼女と知り合ったのは一九六〇年、私が二十歳《はたち》で彼女が二十二のときだ。当時のことは、ほとんど記憶にない。彼女を美しいと思ったことがあったのかどうかさえ思い出せなかった。あの頃の私は、美を低俗なものと見做していた。ヴァンダはむろん私の好みだったし、魅力あふれる女性だと思っていた。理性を失わない範囲で彼女のことを欲していた。知的で、気配りのできる女性だった。私は彼女のそんな資質に惚れていたし、多くの美徳を持っている彼女が自分を好きになってくれたのが、素晴らしく思えた。それから二年後、私たちは早くも結婚し、彼女は日々の暮らしを厳格に管理するようになっていた。学問と不定期のアルバイト。貧乏だが、倹約して貯金をする毎日だった。

当時の生活ぶりは写真からもうかがえた。妻が自分で仕立てた質素な服、ヒールがすり減り、革がぼろぼろに傷んだ靴、ヴァンダの大きな目のまわりには化粧っ気がなかった。すっかり忘れていたのは彼女の若々しさだ。つまり、見知らぬ女性のように見せていたのは、若さだったのだ。写真のヴァンダからほとばしり出る輝きは、私の記憶にまったく残っていなかった。かつて彼女はこうだったと言えるような小さな兆しさえ憶えていない。私はいま寝室で眠っている女性のことを思い浮かべた。五十年前から私の妻である人だ。いま目の前にある写真のような女性だったとは到底思えなかった。なぜだろう。初対面のときから上の空でしか彼女を見ていなかったのだろうか。これまで妻について、いかに多くのことを気にも留めずに目の隅に放置してきたのだろう。私は一九六〇年から一九七四年までの彼女の写真をすべて拾い集めた。私たち夫婦にとって重大な意味のある年となった七四年まで。当時は写真などあまり撮らなかったので、枚数はさほど多くない。一連の写真からは、ことに三十代までは存分に魅力的で、美しいとも言える女性の姿が浮かびあがってきた。セピア色がかかった一枚のカラー写真をじっと眺めてみた。裏には鉛筆で、一九七三年と書かれている。ヴァンダが、当時八歳だったサンドロと、四歳だったアンナと一緒に写っている。幸せそうな表情をした子どもたちが、おなじく満ち足りた様子の母親に身体を寄せている。そして三人とも、写真を撮影している私を楽しげに見つめていた。三人の朗らかな眼差しは、私の存在の痕跡であり、そのときは私も彼らと一緒にいたことを示していた。それなのに、妻が生きる喜びを身体じゅうから発散していてまばゆいばかりだということに、私はいままで気づかなかったのだ。私は慌てて写真を二つの金属製の箱に収めた。私の軽はずみな行いですべてが失われた。これまで私はヴァンダのことをまともに見てこなかったのだろうか。たとえそうだとしても、そんな問いかけがなんの役に立つというのだろう。いまさらなにも確かめることなどできないのだから。寝室で眠っているヴァンダは、重たげに垂れさがる瞼の下の緑の虹彩だけが五十年前と少しも変わらなかった。

立ちあがり、時計を見た。三時十分。聞こえてくるのは夜行性の鳥の鳴き声だけ。窓を閉め、鎧戸をおろし、改めて書斎を見渡した。すべきことがまだ山のようにあるが、ずいぶんましになった。そろそろベッドに入ろうとしかけたところで、床に落ちている花瓶の大きな破片が目に入った。それまで見落としていたものだ。破片を拾いあげると、下から黄色い封筒が出てきた。ぱんぱんにふくらんでいて、ゴムひもで留めてある。すぐに中身がなにか思い出した。もう何十年もその手紙について考えずに生きてきたし、考えずにいられるように、どこかにしまい込んだまま忘れていたものだった。なかには、一九七四年から七八年にかけて、ヴァンダが私に宛てた手紙の束が入っていた。

それを見て、私は不快と戸惑いと苦痛を覚えた。そして、妻が目を覚ます前に、どこかへ隠しなおそうと思った。さもなければ、処分すべき書類のあいだに挟んで、いますぐゴミ集積所に捨ててこよう。その手紙にはあまりに激しい心の痛みがしまわれていて、ひとたび封を開けようものなら、部屋を通り抜けてリビングに蔓延し、閉まったドアをこじ開けてヴァンダを揺さぶり、眠りからひきずり起こして、また彼女にとり憑くにちがいない。妻はわめき散らすか、あるいは声をかぎりに歌い出すだろう。それなのに、私は封筒を隠そうともしなかったし、ゴミ袋に捨てもしなかった。突如として両肩にふたたびのしかかってきた重みに押しつぶされるように、そのまま床にしゃがみ込んだのだ。私はゴムひもをほどき、およそ四十年ぶりに一連の手紙を読み返した。といっても順番にではなく、古い便箋をひらいては、こちらの十行を読み、また別の便箋のあちらの十五行を読むといった具合に。

第二章

I

「もしも忘れているのなら、思い出させてあげましょう。私はあなたの妻です」その夜更け、私の目に最初に飛び込んできたのはこの一文だった。たちまち、別の女性と恋に落ちて家を出たときのことが脳裏にまざまざとよみがえった。手紙の上に、一九七四年四月三十日と日付が書かれている。ひどく遠い過去だ。暖かな朝、ナポリの、当時住んでいた安アパート。私は恋をしていた。おそらく正直にそう話すべきだったのだろう。ヴァンダ、僕は恋をしたんだ、と。ところが私は、冷酷な、それでいて、いまから考えるとうやむやな言い方をした。

その日、アパートにはやかましい子どもたちの姿はなかった。サンドロは学校へ、アンナは幼稚園に行っていた。私はこう切り出した。ヴァンダ、君に打ち明けなければいけないことがある。僕は別の女性と関係を持った。妻は私を驚愕の眼差しで見つめ、私も自分の言葉に自分で驚いていた。その後、口のなかでもごもごと続けた。隠しておくこともできたけれど、真実を話すべきだと考えたんだ。そして最後にこう言い添えた。申し訳ない。だけど、起こってしまったことなんだ。欲望を抑え込むのは卑しいことだと思ってね。

ヴァンダは罵り、泣きわめき、握り拳で私の胸を叩き、謝ったかと思うと、また怒り出した。むろん私の告白を彼女が冷静に受けとめると思っていたわけではないが、これほど暴力的なリアクションは驚きだった。普段はおとなしくて物わかりのいい妻が容易には鎮まらない状態にあることを理解するまでに、私はかなりの苦労を要した。結婚という制度そのものが危機にあることも、家庭という概念が消えかかっていることも、「貞実」がプチブルの価値観だということも妻には関心がなかった。私たちの結婚は奇跡的な例外だと信じていたかったのだ。私たち家族が健康的であり、夫婦がいつまでも互いに忠実であることを望んでいた。だからこそ妻は絶望し、自分のことを裏切る行為をした相手の女は誰なのかとすぐに問い質《ただ》した。そうよ、私はあなたに裏切られ、辱められたんだわ。妻は涙を流しながらわめいた。

その日の晩、私は慎重に言葉を選びながら、それが裏切りではないことを説明しようとした。君に対しては心の底から敬意を抱いている。真の裏切りというのは、己の欲求や必要性、自分の肉体、すなわち自分自身に背くことなのだと。そんなの屁理屈よ、と妻は声をうわずらせたものの、子どもたちを起こさないよう、すぐに自らを制した。私と妻は、ひと晩じゅう声をひそめて口論した。怒鳴らない分、彼女の苦悩は白目を剝き、顔の輪郭を歪めるという形で表現され、怒鳴り散らすよりもさらに私を恐れ慄かせた。だが、恐れ慄きはしたものの、私は巻き込まれなかった。彼女の苦しみが私のものとして胸の内に入り込むことはなかったのだ。私を包んでいた心地よい酔いが、耐熱性スーツの役割を果たしていた。私は一歩さがり、少し間をおいた。それから、どうしても理解してもらいたいのだと懇願した。私たち夫婦は二人ともよく考える必要がある、いまは頭が混乱しているから、手を差し伸べてもらいたいのだとも言った。しまいに私は家から逃げ出し、何日ものあいだ帰らなかった。

2

あのとき自分がなにを考えていたのか、私にはよくわからない。たぶんなにも考えていなかったのだろう。妻のことはむろん嫌いではなかったし、妻に対して恨みを募らせていたわけでもない。私は妻を愛しいと思っていた。まだ大学も卒業しておらず、就職もしていない学生のうちから結婚するのは、ちょっとした冒険のような気がして得意でもあった。それだけでなく、父親の権威から離れ、ようやく自分という存在を自分の手に取り戻せる気がしていた。確かにそれはリスクをともなう冒険であり、当時の私が当てにできる収入はひどく不安定で、ときに怖くなるほどだった。それでも最初の数年は素晴らしく、自分たちは現行の仕来りに抗う新しいカップルなのだという気がしていた。ところがそんな冒険も、しだいに子どもたちを中心に据えた毎日に取って代わられた。なによりも、私が夫や父親としての役割を演じていた舞台の背景が突如として変化した。もはや周囲のすべてのものが退廃に包まれ、あらゆる制度が危機的な状況にあるように思われた。将来の展望もないままに教えはじめた大学で、とりわけその傾向が強かった。そうなってくると、若くして所帯を持ったことは、もはや自立の証しではなく、いかに時代遅れかを物語る要素に過ぎなくなった。まだ三十にもなっていないというのに、私は自分が老け込み、当時私が出入りしていた政治・文化的集団内では既に廃れかけていると見做されていた世界や生活スタイルに、不本意ながらも属しているような気がしていた。そのため、しばらくすると、妻や二人の子どもたちと強い絆で結ばれていながらも、あらゆる伝統的な結びつきを計画的に断ち切るライフスタイルにとりつかれた。そんなある日、私は薬指が太くなったことを理由に、結婚指輪を切断してもらいにいった。ヴァンダはショックを受けた様子で、私が指輪を新調するのをしばらく待っていたが、結局それきりになってしまった。妻はその後も結婚指輪を外すことはなかった。

ひょっとするとリディアとの関係は、そんな風潮に背中を押されて育まれたのかもしれない。リディアは当時の流行にしたがって、商業経済学部に入学したばかりの学生で、私は将来の展望がないギリシア語文法の助手だった。妻や子どもたちに対して不義を働かないために彼女をあきらめるのは、当時の私にしてみれば時代錯誤のように思われたにちがいない。だからといって、不倫の常套手段に倣って人目を忍んで会うのも、時代の精神に反するように思われた。リディアはまだ二十歳にもなっていなかったけれども、すでに仕事もしていたし、よい香りがいつも漂っている洒落た通りに面した部屋に一人で住んでいた。時間が許すたびに彼女の部屋のインターフォンを鳴らし、彼女と連れだって散策したり、映画や劇場に行ったりすることに私は夢中になり、ほどなくヴァンダにすべてを打ち明けようという気になっていた。けれども、そうした欲求が深く根を張るとは思っていなかったし、そんな若い娘に自分がどんどんのめり込んでいくことになるとも想定していなかった。むしろ彼女に対する衝動はすぐに冷めるだろうと高を括っていた。リディアのほうから、数か月前からよく会うようになっていたボーイフレンドのところに戻ると言い出すか、あるいは同年代で妻子もいない、自由な彼氏を見つけて私の許を去るだろうと思っていた。要するに、彼女との関係をヴァンダに打ち明けることによって、私はただ誰に気兼ねすることも隠れることもなく、消滅するまで彼女との関係に没頭できる時間が欲しかっただけなのだ。そのため、最初に妻と諍《いさか》いになって家を出たときには、すぐに戻るつもりだった。心の内でこんなふうに考えていた。この一時的な状況は、妻との関係を築きなおすためにも役に立つはずだ。そうすれば、これまで夫婦としての関係を続けてきた共同生活の枠組みを越える必要があることが明らかになる。おそらく、だからこそ「他の女性に恋をした」とは言わずに、「関係を持った」と打ち明けたのだと思う。

「恋に落ちる」というのは、当時の風潮としては、あたかも十九世紀の遺物のような、いささか古臭くて滑稽な概念となっていた。ぴったりとくっついて離れられなくなる危険な兆候であり、そんな事態に陥りそうになったら、パートナーに不安を抱かせないため、ただちに踏みとどまらなければならないことであるかのように。それに対して、「関係を持つ」という言葉は、既婚者だろうが未婚者だろうが、ますます正当性を帯びていくように思われた。以前に一度関係を持ったことがあってねとか、前に関係を持ってたんだとか、いま彼女とは親密な関係にあるんだなどというフレーズは、あくまで自由の象徴であり、罪悪を表現するものではなかった。確かに、世の妻たちの耳にはそのフレーズが残酷に響くだろうことはわかっていた。私と同様、まず誰かに恋をしてから、その人と関係を結ぶものだという考え方のなかで育ってきたヴァンダにとっては、なおさらだ。それでも、起こり得るし、現に私の身に起こったのだということ、さらには、たとえ私が家族の許に戻ったとしても、ふたたび起こらないとは限らないことを妻は受け容れるべきだと私は考えていた。そうした見解にもとづいて、妻がすべてを理解したうえで、新しい時代の風潮に適応してくれ、二度と取り乱したりわめき散らしたりしないようにと願いつつ、私はリディアとともに幸せな日々を過ごし、その幸せにますますのめり込んでいった。

彼女との関係が、単なるセックスフレンドではなく、また、「不倫」という概念そのものに挑む戦いの一部でもなく、快楽に満ちたエロチックな友情でもなく、当時の世の中に革新をもたらしつつあった多くの解放的な実践のひとつでもないと気づいたときには、もはや手遅れだった。私はすでに彼女を愛していたのだ。それも、たいそう時代錯誤な方法で。要は完全に惚れていた。彼女から離れて妻子の許に帰ると考えるだけで、彼女をほかの男の手に譲り渡すと考えるだけで、生きる気力が失せるのだった。

3

ようやくその事実を、しぶしぶながらも自分の内で認められるようになるまでに、一年の月日を要した。それでも私にはヴァンダに打ち明ける勇気はなく、そんな私の態度がますます妻を憔悴させた。私が別の女性と関係を持ったという事実を知ったとき、妻はひどくおぞましいこととして拒絶した。その後、彼女にできる範囲内で衝撃を受けとめると、女性経験の乏しさからくる誘惑に私が一時的に負けたにすぎないのだと解釈しようとした。つまり、性的好奇心に打ち克てなかったのだと。何日かすれば私の熱は冷めるだろうと期待し、電話や手紙でしきりに私の世話を焼くようになった。妻は我を失ったようになっていた。私を人生の中心に据え、何年も前から寝食を共にし、二人の子どもを産み、非の打ちどころなく私の身のまわりのことにつねに気を配ってきた自分が、見知らぬ女のせいでないがしろにされるなんて、とうてい信じられなかったのだ。しかも相手は、妻とおなじように献身的に尽くすことは決してできないタイプの女だ。

会うたびに——たいていは私の長い音信不通の期間を挟んで——、妻はそれまで頭のなかで繰り返し考えてきた問題点を、努めて冷静に、かつ明快に述べようとした。二人でキッチンのテーブルに向かい合って座り、妻は、私がいなくなったことによって生じた現実的な問題をならべたて、いかに子どもたちが父親を必要としているか、自分がなぜそれほど混乱しているのかを語った。その口調は概して丁寧だったけれども、ある朝、声色が変化した。

「私、なにか悪いことをした？」そう尋ねたのだ。

「いや、なにもしていない」

「だったら、なにが気に食わないの？」

「なんでもない。ただ、いろいろと複雑な時期でね」

「私のことが見えてないから、複雑に感じるんじゃないかしら」

「君のことは見えている」

「いいえ、あなたが見ているのは、コンロの前でせわしなく動きまわり、家をきれいにして、子どもたちの世話をしている妻の姿だけよ。でも、それは本当の私じゃない。私だって、一人の人間なの」

　そう言うと妻は、人間なの、人間なの、人間なの、と叫び出し、平静を取り戻すまでに時間がかかった。それは長く、つらい時間だった。そのような局面に陥ると妻は、自分が十年前のままなのではなく、成熟し、新しい女性になったことを示そうとするのだった。動揺を抑えるために、しきりと手をもみながら話していた。あり得ないわよ。いちばん近くにいるはずのあなただけが気づいてなかったなんて。彼女はそう言って私を責めた。私がどう答えていいかわからず、家庭というものは厄介な存在で、そこから自由になる必要があるなどと理屈をこねていると、彼女は私のテリトリーに入ってきて、とってつけた優しさで言うのだった。あなたがどんな本を読んでいるかくらい知ってるつもりよ。私だって以前から自分を解放すべきだと思っていた。でも、それなら夫婦で一緒にするべきだし、出来るはずだと思う。そのうちに私が、苦悩に苛まれた妻から、あるいは妻の苦悩の吐露によって引き起こされる焦燥から心の平穏を護るため、一刻も早く立ち去りたがっていることを表情から見てとると、妻はもはや優しい態度を保つことが不可能になり、会話の様相が変化するのだった。ヴァンダの口調がしだいに嫌味っぽくなり、やがて泣きわめき、私を罵り出す。あるときなどは、いきなり黄色い声で叫んだ。

「私の話は退屈？　うんざりしてるなら言ってちょうだい」

「いいや」

「だったらなぜ時計ばかり見るの？　急いでるわけ？　電車に乗り遅れるとか？」

「いいや、車だから」

「彼女の車？」

「そうだ」

「あなたのことを待ってるのね？　今晩は二人でなにをするの？　レストランでお食事でも？」

彼女は理由《わけ》もなく笑い出したかと思うと、寝室にこもり、昔よく子どもたちに聞かせていた歌を、声を張りあげて歌い出した。

もちろん、しばらくすると落ち着きを取り戻す。いつだってまた冷静になるのだけれども、そのたびに、かつて私を魅了していた彼女のなにかが失われていくように思われた。妻はそんなふうじゃなかった。私のせいで妻が壊れていく。そのくせ、壊れていく妻自身が、彼女からさらに距離をおこうとしている私の行動を正当化するように思われた。少しばかりの自由を求めることがこんなにも困難だなんて、あり得るのだろうか。なぜイタリアはこんなにも後れた国なんだろう。もっと先進的な国ならば、いちいち悲劇を招かずともいろいろなことができるはずだ。

私はきっかけを見つけて立ち去ろうとした。ひどく暑い日の午後のことだった。すると妻は玄関まで走っていき、鍵をかけた。そしてサンドロとアンナを呼び、こう言ったのだ。パパが檻に閉じ込められた気分だって言うから、みんなで囚人ごっこをしましょう。子どもたちは楽しむふりをし、私も楽しむふりをしたけれど、ヴァンダは別だった。低い声でこう言ったのだ。ほうら、これでもう外には出られないわね。それから私に鍵束を投げつけると、洗面所に閉じこもってしまった。私は、そのまま家を出る気にはなれなかったので、サンドロに妻を呼びに行かせた。リビングに戻ってきた妻は、少しふざけただけ、と口では言ったものの、少しもふざけてはいなかった。夜もあまり眠らず、憔悴しきっていて、どうしたら私に正常な判断をさせられるのか考えあぐねているらしかった。それでも思うようにいかないものだから、私の感情を揺さぶり、怒らせ、懇願し、脅迫しようとした。そんなふうに引き留めないでくれ、と私が訴えると、彼女は憤慨した。誰も引き留めてなんかいやしない。あなたなんか、好きなところへ行けばいいんだわ。ところがその二分後には、こうつぶやくのだった。行かないで。座ってちょうだい。あなたの常軌を逸した行動に、こっちまで頭がおかしくなりそうよ。

彼女をもっとも憤らせ、消耗させたのは、私がなぜそのように振る舞ったのか説明しようとしないことだった。「どうしてなの」と執拗に尋ね、また書いてよこした。ところが、私はなんと答えていいかわからなかった。屁理屈をこねるか、さもなければ、わからない、とつぶやくのがせいぜいだった。むろん嘘だ。理由はとっくにわかっていたし、日ごとにはっきりしていった。私にとって、リディアと一緒に過ごす時間は楽しく軽やかで、どれだけ一緒にいてももの足りなかった。彼女といるときの私は、エネルギーに満ちあふれ、ものを書き、それを発表し、みんなに好かれた。まるで幼い頃から胸の内に抱えつづけ、しばらく前まで存在していた泥沼が、血色のよく優美なその若い女性によって、たちまち干拓されたかのようだった。最初は、四月という陽気が素晴らしいのだと思った。春の陽射しに包まれて彼女と一緒にまどろみ、春の陽射しに包まれて一緒に食事をし、春の陽射しに包まれて一緒に旅をした。そして、彼女が春めいた服を着たり脱いだりするのに見惚れていた。心を奪われて。私はこんなふうに考えていた。五月の終わりには家へ帰ろう。ところが五月の最後の日まで春が滑るように過ぎてしまうと、死にたいほど悲しくなった。そこで自分にこう言い聞かせた。夏まで延ばそう。夏の終わりまでリディアと一緒にいたい。けれど夏もまた過ぎると、彼女なしで秋を過ごすことに耐えられなくなった。そのうちに秋も過ぎ、冬がめぐり……という具合に、妻や子どもたちに何度か会いはしたものの、その年は一年じゅう、私の頭のなかにあるのは、春のリディア、夏のリディア、秋のリディア、冬のリディアだけだった。要するに私が望んでいたのはリディアと過ごす時間であり、ヴァンダや、サンドロやアンナと過ごす時間は恐ろしかった。あれこれ口実を見つけては、できるかぎり先送りにし、時間もなるべく短くて済むようにした。家族と一緒にいるときの私は、嘘で身を固めて自己を護っていた。嘘は、私の全身にみなぎっていた驚くほど健康的な印象を保持するのに役立っていたのだ。そして、ありのままでいられない自分に、妻の絶望という耐えがたい現実に、さらには戸惑う子どもたちを前に、私は自己を卑下せずにはいられなかった。ありのままの自分でいるためには、私の振る舞いの本当の理由を告げるには、リディアといることがどれほど幸せなのかを話さなければならない。だが、妻にとってそれほど残酷なことがあるだろうか。ヴァンダが望んでいるのは別の言葉だった。彼女が絶望から脱け出すには、私の口からこう言う必要があった。わかった。僕が間違っていた。またもとの生活に戻ろう。私はそんな袋小路に陥っていたのだった。

4

その年も、その翌年も、状況は変わらなかった。妻は目に見えて痩せ、生気を失っていったばかりでなく、自制心も利かなくなった。もはや宙に浮遊しているだけの存在で、時々起こるパニックは、そんな彼女に残されたわずかな力をも奪っていった。

最初のうちは、私たちの陥った悲惨な状況は夫婦二人だけにかかわるもので、サンドロとアンナにはなんら影響をおよぼさないと思っていた。現に記憶をたどってみると、当時の子どもたちの姿はひどく不鮮明だ。一方、何十年もの歳月が経ったにもかかわらず、キッチンで向き合い、口論している私たちの姿はくっきりと見える。当時の私の記憶のなかにサンドロとアンナは存在しておらず、たとえいたとしても、遊んでいるか、テレビを見ているか、どこかで違うことをしていた。夫婦の危機や、私たちを苛んでいた苦悩は別のところにあり、子どもたちを巻き込むことはなかった。ところが、あるときから状況が変化した。諍いの最中にヴァンダが私に怒鳴ったのだ。あなたは、これからも子どもたちの面倒をみる気があるの？　それとも、私を捨てたみたいに、この子たちのことも捨てる気？　私は啞然とした。もちろん子どもたちとの関係は変わらず続けていくよ。すると妻はつぶやいた。だったらいいんだけど。そして、そのことについてはそれ以上なにも言わなかった。ところが日々が過ぎても、私が長い不在と短時間の帰宅を繰り返すばかりだったため、妻は言った。あなたの行動について私に報告する意思がないのなら、せめて子どもたちに知らせてあげて。あの子たちにはどう説明するつもりでいるの？

私はそれまで考えたことがなかった。危機的な状況に陥るまで、子どもたちは事実としてそこに存在していた。気づいたときには生活に入り込んでいて、いまも存在している。空いた時間があれば一緒に遊んだし、散歩に連れ出したり、お話を作って聞かせたり、褒めたり叱ったりした。けれどもたいていの場合、ひとしきり遊ばせたあと、あるいは愛情に満ちた厳しさで叱ったあと、私は書斎に戻り、妻があれこれ工夫して子どもたちの相手をしながら、家事もこなしていた。そんなやり方を間違っていると思ったことは一度もなかったし、ヴァンダ自身も不平を口にしたことはなかった。既存のさまざまな制度を見直そうという社会的風潮が高まったときでさえ、なにも抗議しなかった。私も妻も、一定の役割分担はものごとの自然な摂理のうちだという考えのもとで育ってきた。死が二人を分かつまで私たちの婚姻関係が続くことは自然だったし、妻が家事以外の仕事を持たないことも自然だった。そして、多くのものが変化の途上にあった当時でさえも——革命前夜と言われていた——母親が子どもの面倒をみなくなるとは考えられなかった。それなのに、妻はその問題を私に突きつけ、どのように対処するつもりなのかと尋ねてきたのだ。そのときも、私はなんと答えたらいいのかわからなかった。あれは市庁舎広場《ムニチーピオ》の前の通りを歩いていたときだった。妻がいきなり立ち止まり、私の目をじっとのぞき込んで尋ねた。

「あなたは父親を続けたいの？」

「もちろん」

「どんなふうに？　数か月に一度か二度、ふらりと現われては傷口にナイフを刺してぐるぐるまわし、残りは音沙汰なしの生活を続けながら？　まるで、あなたの都合のいいときにだけ、ボタンを押すと子どもたちがふっと湧いて出てくるかのように？」

「毎週末には子どもたちに会いにくるよ」

「会いにくる？　つまり子どもたちは私と暮らすという前提なわけ？」

　私は当惑し、しどろもどろになった。

「なんなら、僕のほうでもたまに預かろうか？」

「たまに預かる、ですって？　私がいつも子どもたちと一緒にいて、あなたはたまに預かるというの？　私を疲弊させているのとおなじように、子どもたちも疲弊させるつもり？　子どもたちは、たまにじゃなくて、いつも親を必要としているのよ」

　妻は吐き捨てるようにそう言うと、市庁舎から数メートルのところに私を置き去りにして行ってしまった。

　それからというもの、私は週末ごとにナポリへ帰ることを自らに課した。ローマを出て、十数年前から住んでいる家に向かう。私の予定としては、ヴァンダとの対立を避けるために極力そばにいないようにし、子どもたちと別の部屋にこもるつもりだった。これ以上の口論には耐えられなかったし、妻も身体を震わせ、定まらない指で次から次へと煙草に火をつけ、逃げ場を失った人間の目をしていた。ところが、すぐにそれは不可能だと思い知らされた。家の広さは以前と変わらないはずなのに、私も子どもたちも以前のような自然な態度で一緒に過ごせなくなっていた。意識せずにはなにひとつできないのだ。私には子どもたちと楽しい時間を過ごさなければならないという義務感があったし、子どもたちは子どもたちで、パパと楽しく過ごすことを強いられていると感じていた。そのうえ、サンドロもアンナももはや以前の二人ではなかった。ときおり不安げな眼差しで私の顔色をうかがっているし、私とヴァンダの言動にひどく敏感だったし、なにか間違ったことをして私を怒らせ、父親を永久に失うのではあるまいかと怯えていた。精一杯努力をしているにもかかわらず、私も子どもたちも、どうしても自然に振る舞えない。別の部屋にいるヴァンダの存在が、私たち三人の頭から片時も離れなかった。あまりに私たちの一部になっていたので、彼女から解放されるなんて、しょせん無駄な努力だったのだ。確かに妻は長い時間、私と子どもたちだけにして、あいだに割って入ることはなかった。それでも、彼女がせわしなく立ち働いている物音や、ナーバスな歌声は嫌でも耳に入ってくる。私たちはこれまでの家族四人での行動パターンから脱け出して、妻の存在を無視し、三人での時の過ごし方を身につけなければならなかったのだが、それはひどく難しいことだった。妻の存在をあたかも脅威のように感じとり――べつに妻が私たちに危害を加えようとしていたわけではないが、彼女の苦悩を私たちは脅威と受けとめていた――、妻が、私たちの言動をなにひとつ逃すまいと耳をそばだて、椅子やテーブルがみしりと音を立てるたびに、心を痛めていることが伝わってきた。そのため時間は耐えようもなくゆっくりとしか進まず、いつまで経っても夜にならなかった。しばらくすると子どもたち相手の遊びもアイディアが尽き、ふと気づくと、私はぼんやりリディアのことを考えているのだった。折しも土曜、きっと友達と連れだって映画館にでも行っているのだろう。私は、わざと大きな声で、ちょっと煙草を買いに行ってくると告げてから外に出ると、公衆電話を探し、リディアが出掛けてしまう前に電話をかける自分を想像した。呼び出し音がいたずらに鳴るのは、見捨てられたような印象が残って耐えられない。ヴァンダは、そんな私の散漫な注意力にとりわけ敏感に反応するらしかった。

部屋にいきなり顔を出し、私の表情から、子どもたちの相手をするのがしんどくなっていることを見抜くのだった。家で一緒に暮らしていたときの私は、それほど長い時間を子どもたちと過ごしたことはなかった。そのため、そんなふうにしていると、二人の母親である妻が採点する権限を持つテストを受けているような気分になるのだった。

ときおり妻は抑えきれずに口を出した。

「どう?」

「楽しくやってるよ」

「遊ばないの?」

「遊んでる」

「なにをして?」

「カードゲームだ」

「二人とも、パパを勝たせてあげてね。じゃないと、あとで不機嫌になるから」

妻にしてみればすべてが気に食わないのだった。テレビをつけるなと文句を言い、そんな遊びは暴力的すぎると非難し、あなたが子どもたちを昂奮させるから、夜なかなか寝てくれないと嫌味を言う。そうこうするうちに互いの苛立ちが募り、結局はサンドロとアンナの前で口論になる。その頃にはもう諍いを慎もうという配慮さえしなくなっていた。子どもたちはすべてを知ったうえで、評価し、判断すべきだとヴァンダは確信していた。

「頼むからもっと声を小さくしてくれ」

「どうして？　あなたが本当は何者か子どもたちに知られるのが怖いわけ？」

「いや、そうじゃない」

「私に与えた屈辱を二人にも味わわせたいの？　本当は愛してなんかいないくせに、あの子たちに愛されているという幻想を抱かせるつもり？」

「僕は君を大切に思ってきたし、いまだって大切に思っている」

「嘘はやめて。もう耐えられない。とくに子どもたちの前では言わないで。嘘をつくくらいなら、出てってちょうだい」

　ほどなくサンドロとアンナは、家に私がやってくるたびに、母親の苦悩が制御できなくなることを学んだ。そのため、最初のうちは会いたい一心で私の帰りを待っていたし、そのままずっと家にいてほしいと願っていたはずなのだが、しだいに、嵐が来る前に帰ってくれればいいのにと心の内で念じながら、遊びやテレビ番組に熱中するふりをするようになった。一方で、私自身も少しずつ滞在時間を短くし、ヴァンダの限界が近いことを察知するなり、そそくさと立ち去るようになった。

　あるとき私は、子どもたちにプレゼントを持って帰った。サンドロにはセーター、アンナにはネックレスだ。アンナが喜んでいるのを見た妻は、容赦なかった。

「そのネックレス、あなたが買ったの？」

「当たり前だろう。じゃなければ誰が買ったんだ？」

「リディアよ」

「なにを言い出す」

「顔が赤くなったわ。図星なのね」

「そうじゃない」

「自分の子どもへのプレゼントすら、手伝ってもらえないと選べないの？　彼女の選んだ物を二度と子どもたちに与えないで」

リディアが選んだのは事実だったが、問題はそこではなかった。その時期、ヴァンダの怒りの発現にはすべて別の目的があった。妻なくしては、私は父親役さえこなせないのだということを、私に対してだけでなく、とりわけ自分自身に対して証明したかったのだ。私の生活から妻を締め出すことは、すなわち私自身を孤立させることであり、妻と和解しないかぎり、私の生活そのもの——浮気を妻に告白した日まで送っていたような生活——が不可能になると。

この論理には十分な根拠があるように思われた。毎週土曜と日曜に家へ顔を出し、まるで来客を待つときのような小ぎれいな服装に、きちんと整えられた髪型で私を出迎えるサンドロとアンナに会う。最初の数分は嬉しそうにしているけれど、だんだんと神経が高ぶっていく二人を見るにつけ、そんなことをしていてもなんの役にも立たないばかりか、害をおよぼしかねないと思えた。私が家に滞在することは、父親という存在に継続性を持たせるために役立つはずなのに、最終的に家族の許に戻るわけではないため、弊害を抱え込むことになったのだ。私のすることなすことが、ヴァンダの目には不十分と映るらしかった。子どもたちの無言の疑問に私が然るべき答えを返せておらず、二人の期待に背いていると、妻はことあるごとに当てつけた。かねてから妻は論理上の厳密さをとことん追い求める傾向にあったが、それがさらに際立つようになった。

「二人は僕になにを期待してるというんだい？」ある朝、私は恐ろしくなって尋ねた。

「わかるように説明してもらうこと」喉もとで張り裂けて、息を詰まらせてしまうのではあるまいかと思わせる声で妻はわめいた。「どうして父親が別の家で暮らすようになり、自分たちは見捨てられたのか、どうして父親が数時間だけ、おまけに気もそぞろに自分たちと過ごし、今度いつ帰ってくるかも知らせずにどこかへ行ってしまうのか、いつになったら父親らしく自分たちと向き合ってくれるのか、あの子たちは知りたいのよ」

私は妻の言うとおりだと認めた。そうでもしないかぎり妻は落ち着きそうになかったし、どう反論すればいいかもわからなかったからだ。家族四人でいつまでも一緒に暮らすのだという揺るがぬ確信を何年ものあいだ抱いていたその家で、私はどのような父親だったのだろうか。そしてこの先どのような父親でいられるのだろうか。家族で一緒に過ごす時間を建物が包み込み、スペースごとにそれぞれの機能が割り当てられていた。部屋は灰色で、冬は寒く夏はとても暑く、いつも薄暗かったけれど、それでも家族の愛情に満ち、幸せあふれる日々の暮らしにしっくりと馴染んでいた。ところが、新たに生じた状況下、おなじその家で一週間に数時間だけ過ごすことは不可能に思われた。そこである日、何度目かも知れぬ口論がピークに達したとき、私は妻に言った。

「学校も夏休みに入ったことだし、しばらく子どもたちを預かるよ」

「子どもたちを預かるって、どうやって?」

「僕が面倒をみる」

「あの子たちを私から奪うわけ?」

「そんなはずないだろう。なにを言い出すんだ」

「私の手からあの子たちを奪うつもりなんだわ」沈鬱な面持ちで妻は繰り返した。

けれども結局、妻は私の提案を受け入れた。あたかもそれが最後の試みであり、終了した暁には、本当のところ私がなにを考えているのか解き明かせるとでもいうように、たいそう仰々しく受け入れたのだった。

5

こうして私は、夏の日曜日、子どもたちをローマに連れていった。二人は嬉しそうだった。ところがそれは浅はかな決断だった。というのも、当時、私には経済的な余裕がなく、自分の家を持っていなかった。だからといって、子どもたちと一緒にリディアの部屋に厄介になるのも気が引けた。例のごとく、理由を解きほぐすのは難しい。私たち父子三人がリディアのワンルームマンションで過ごしていることを妻が知ったら、妻は、その選択によって自分の存在が否定されたと解釈するだろう。邪魔だからどこかへ行ってくれ、君はもはや妻としても母親としても不要だ、と告げられたかのように。ただでさえ、妻は日ごとにがんじがらめの論理に支配され、一切とりなし不可能になっているのに、このうえ中身のない論理をめぐらせたならば、想像さえしたくない極端な行動に出るのではないかと私は恐れたのだ。それでなくとも妻は、衰弱する一方の身体に対し、精神ばかりが覚醒し、ますます気が昂ぶる傾向にあった。ただし、私の気掛かりは妻のリアクションだけではなかった。光あふれるマンションで、朝食のときも、昼食のときも、夕食のときも、ベッドのなかでも、子どもたちの目の前でリディアと一緒にいるのは好ましくなかった。事実上、サンドロとアンナにこう言うようなものなのだから。ほら、この女性を見てごらん。礼儀正しくて、穏やかだろう。彼女と一緒だと居心地がいいだろう。父さんはいまここで暮らしてるんだ。気に入ったかい？　それは、父親のために、母親への愛に背かなければ成立しない共同生活を子どもたちに強いるようなものだった。リディアは本当に感じのいい女性だと二人が思うとしたら、なおのことだ。理由はまだあった。父親としての役割を果たしている自分をリディアに見せたくなかった。彼女と子どもたち二人と何日も一緒に過ごし、限られたスペースを占拠するだけでなく、散らかし、私の担っている責任をさらけ出したうえに、彼女にもその一部を分担するよう強いるなんて、とうていできなかった。私自身、ほんの少し前まで、それほど重い責任を担っているという自覚すらなかったのだから（ヴァンダが気づかないところで苦労してくれたお蔭だ）。要するに私は、自分がどんな人間なのかを、リディアの前で具体的に見せたくなかったのだ。三十六歳の中年男、妻帯者で、十一歳と七歳の二人の子どもの父親。社会的立場は明白だ。魅惑的なその空間で、己をそんなふうに定義することには、なにより自分自身が耐えられなかった。そこでの私は、自分をなにごとにも捉われない愛人だと感じていた。ふたたびなにかに縛られるために自己を解き放ったのではない。新たな形の恋愛関係を生み出そうとしているのに、未来の希望にあふれた若い女性の部屋に、灰色の過去の遺産をひきずり込むような男にはなりたくなかった。

結局、私は友人の家に厄介になることにした。子どもの世話の仕方なんてまるきりわからない私に代わって、友人の細君がなにかと面倒をみてくれた。友人夫婦は二人とも私の肩を持ち、応援してくれた。彼ら自身は五年前に結婚した仲睦まじい夫婦だったが、ほとばしる衝動を抑えることは不可能だし、また抑えるべきでもない、情熱に身を委ねるのは悪いことではないのだから、あまり罪の意識を感じる必要はないと言ってくれた。ある晩などは、子どもたちが寝ついたあと、妻のことをもっと悪く言ってもいいのではと二人に理路整然と説かれたほどだった。

「どうして悪く言う必要がある？」私は尋ねた。

「いくらなんでもやりすぎだろう。あんなふうに感情的になるべきではないよ」と、友が言った。

「僕に深く傷つけられたから、どうしていいかわからないんだと思う」

「だけど、かなり意地の悪い態度よね」細君も声を荒らげた。

「心に痛みを抱えていると、刺々しくなってしまうものじゃないかな」

「誰もがそうと限らないわ。取り乱したらおしまいよ」

「だとしたら、君の知り合いはきっと、ヴァンダほど苦しんだことがないんだよ」

私は妻を本心からかばったのだけれど、二人は私の態度のほうがよほど冷静だし、好感が持てると言った。そんなこともあり、サンドロとアンナがベッドに入り、ぐっすり眠っているようなときには、友人夫妻の温かな見守りに二人を託し、リディアの許に急ぐこともあった。

付き合いはじめたばかりの頃から、彼女と過ごす時間は驚きの連続だった。ヴァンダとの暮らしで慣れきっていた倹約生活とは大違いだったのだ。リディアは幼い時分から裕福な環境で育った女性で、それが立ち居振る舞いに自然に表われていた。くつろぎと喜びを大切にする術を心得ていて、私を楽しく迎えるためにお金を惜しまず、私が困っていれば融通してくれた。込み入った関係にもかかわらず、将来を憂うこともなかった。彼女がドアを開けてくれ、贅沢な夜食がならぶテーブルを見ると私は幸せだったし、明け方近くに彼女のベッドから脱け出さなければならないときには不幸せな気分になった。朝の五時半に、二人がまだ目を覚ましていないことを祈りながら、子どもたちの許に戻る。そして、眠気も失せ、罪悪感に苛まれながら、私は友人の家のなかをうろついた。ときおりサンドロとアンナが眠っているベッドの脇に座っては、子どもたちを自分のなかに取り込み、欠かすことのできない大切な存在だと感じられるように、じっと見つめた。二時間ほどして二人を起こすと、朝食を食べさせ、顔を洗わせてから、職場へ連れていった。友人夫婦は共働きだった。

サンドロとアンナはひと言も不平をこぼさなかった。たいそう行儀よくついてまわり、私の負担にならないよう子どもなりに気を配っていただけでなく、同僚や学生たちの前で私に恥をかかせないように努めていた。それにもかかわらず、私は数日で降参し、ヴァンダのところへ子どもたちを返しに行ったのだ。

「ずいぶん早いのね。あなたの父性はもう尽きたの?」妻が皮肉たっぷりに言った。

私は答えに窮した。そして、やっとの思いでつぶやいた。君がこれまで欠かさずしてきたように、子どもたちの世話をすべてこなすのは、僕には難しすぎる。すると妻は、私の言葉を誤って解釈し、家に戻りたがっていると思ったらしい。ぱっと顔を輝かせたかと思うと、家族四人で新しいバランスを見つけていく必要があるわねと言った。私は頭を振って言った。

「もう一度、態勢を整えさせてくれ」

その瞬間ヴァンダは、自分のいないところで見つけた幸せによって私がどれほどの力を得ているのかを見てとり、なにをもってしても、たとえ子どもたちをもってしても、私を引き留めることはできないのだと悟った。すぐに私は、自分が妻に対してひどく卑劣な仕打ちをしていると気づいたものの、それを認めたくなくて、慌ててその場から立ち去った。

妻からの最後の連絡は、それから何か月も経ってから郵便で届けられた。ひどく無味乾燥な一枚の紙きれ。ナポリ未成年裁判所の所長の名で、サンドロとアンナの養育権を母親に託す措置がとられたと通知が来たのだ。私はただちに電車に乗って裁判所に出頭し、抗議をし、声高に主張すべきだった。私は二人の父親だ。民法第百三十三条だろうがなんだろうが関係ない。私はここにいて、子どもの世話を放棄したりはしない。子どもたちと一緒に暮らしたいのだ、と。それでいて、なんの行動も起こさなかった。リディアとの暮らしを続け、仕事を続けたのだった。

6

めちゃくちゃに荒らされた書斎の床に座り込んで、私はその通知をしばらく眺めていた。黄色い封筒のなかに、ヴァンダからの手紙と一緒にしまわれていたのだ。子どもたちは、司法機関に言い渡された措置の原本や、あるいはどこかにしまってあるにちがいない同様の書類を読んだことがあるのだろうかと自問した。その紙きれは、私が正式に彼らを放棄したことを記録するものだ。子どもたちを見捨て、私のいないところで成長することを受け容れた証拠書類。子どもたちが私の人生から決定的にこぼれおち、荒波に呑まれ、私の視線や配慮の届かない遠いところまで流されても構わないと認めたのだった。その無味乾燥な通知は、私が子どもたちから解放されたことを意味するものだ。これから私は、頭のなかでも胸の内でも腹のなかでも、子どもたちの重みを感じないことに慣れていくだろう。日常を分かち合う習慣はなくなり、やがて子どもたちは、私の知っている二人とは別の姿になっていく。子どもらしい輪郭は消え、少しずつ縦に伸び、身体つきも、顔立ちも、声も、歩き方も、そして考え方までもすべて変わっていくのだろう。その一方で、彼らのなかの父親の記憶は、二人を母親の許に送り届け、「もう一度、態勢を整えさせてくれ」と言った、あの極限状態のまま留まりつづけるのだ。

それからしばらく時が過ぎていった。リディアがそばにいてくれたこと、そして徐々にやり甲斐の感じられる仕事ができるようになったことで、私は離別の悲しみにも耐えられた。不満が募る一方だった大学の仕事は辞めた。新聞に記事を書き、ラジオ番組を制作し、テレビ業界にもおそるおそる進出しはじめた。キロメートルや光年といった単位の距離よりも大きく人と人を隔てるのは、変化によって生じる距離だ。私は自分を夢中にさせてくれるものを追いかけて、妻からも子どもたちからも離れたのだった。愛している女性と、これまでになくきびきびとした仕事ぶり。小さな成功に小さな成功が果てしなく連続して積み重なっていった。私はリディアに好かれ、皆からも好かれた。そうこうするうちに、自分は愚図でなんの取り柄もないと思い込んでいた過去は、乾いた霧に覆われていった。ナポリの家は色褪せ、親戚や友人も色褪せた。ヴァンダとサンドロとアンナだけは、いつまでも鮮やかさを保ちつづけたが、それもやがて距離によってエネルギーが削がれ、苦悩も、その厚みを失っていった。いや、距離というよりも、ほとんど無意識のうちに、幼い時分に身につけた、感覚を抑圧する習慣が働いていたのだ。昔から私は、父親に暴力を振るわれている母親の苦しみを見て見ぬふりをするように仕込まれてきた。いつしかそれがすっかり習い性となり、その場にいても、怒鳴り声や罵声、平手打ちの音、泣きわめく声、連禱《れんとう》のごとく繰り返される方言での泣き言——ここから飛び下りて、死んでやる——を消すことができるようになった。両親の声は一切耳に入らない。視覚に関しては、目を閉じさえすればいい。この幼くして身につけた術を、私は生涯さまざまなシチュエーションにおいて使いつづけたが、とりわけ当時は、その能力がすこぶる役に立ち、頻繁に駆使していた。自分のなかに空洞をつくりだし、自分自身を空っぽにするのだ。絶望的な状況に陥るたびに妻や子どもたちが現われるのだが、私には彼らの姿が見えていなかったし、声も聞こえていなかった。

そうはいっても、どうにもならないこともあった。妻が自殺未遂をしたという報せを受けたとき、私は国外にいた。なにもそこまで……。私は悲嘆に暮れて心のなかで叫んでいた。だが、いまだに、あのときの自分がなにを言いたかったのか定かではない。「なにもそこまで」というのは、ヴァンダに対する沈黙の叫びだったのかもしれない。自らを死の一歩手前まで追いやって、どんな意味があるというのか。そう自問したのだと思う。いや、それよりも自分自身に対して腹を立てていたのかもしれない。なにもそこまで妻を追い詰める必要はなかったはずだ。恥を知れ。あるいはより一般的に、周囲の人に危険がおよぶことも、傷つけることも顧みず、望むものをすべて手に入れたがる異様な熱に抗議したかったのかもしれない。私は動転し、心が苛まれた。ヴァンダは入院しているらしかった。いつ、どんなふうに起こったのか。妻の行為によってサンドロとアンナがどんな痛手を負ったのか。途切れていた点が線でつながり、もはやひどく遠くぼやけて感じていた者たちが、新たな彩度を獲得した。私は決断を迫られていた。仕事も、生活も、リディアと一緒に築きあげていた形も、なにもかも捨てて妻の許に駆けつけ、これまでの空白を埋めたうえで、すべてを元に戻すか、そうでなければ電話でヴァンダがどのような状態なのか確かめるだけにとどめ、会わずに済ませるか。子どもたちと一緒の妻に会ったら、間違いなく感情の波に晒される。私は、二つの選択肢のあいだで長いこと揺れていた。誰にも助言は求められないと思った。決める責任は私一人にある。もしも妻が命をとりとめていなかったら？　妻を殺したのは私だと認めるべきなのか？　どうやって？　妻の人生を踏みにじり、そんな人生や子どもたちにすがりつくより、すべてを終わりにしたほうがましだと思わせるほどに追い込むことによって？　サンドロとアンナが大人になったとき、殺人の罪を私に負わせるのだろうか。とはいえ、何か月、何年という長期間にわたって罪を犯しつづけてきたことを私に自覚させるために、死ぬ必要があるのだろうか。

罪、罪、罪。

私は一人の人間を傷つけた。私とおなじように、自己を存分に実現したいという希望を持っていたはずのまだ若い女性を、これ以上どのように生きていけばいいかわからないと思わせるまでに追い詰めたのだ。

いや、そうじゃない。私はいったいなにを考えていたのか。自分の運命に従うのは罪なのか？　自分自身の能力が十分に発揮されない状態を拒否するのは罪なのか。息の詰まるような制度や仕来りと戦うのは罪なのか。それではあまりに理不尽ではないか。

私はヴァンダを大切に思っていた。妻を苦しめてやろうと冷酷な気持ちで接したことなど一瞬たりともなかった。慎重に振る舞ってきたつもりだし、嘘をついたとしても、それは妻の精神的なダメージをできるだけ和らげようとしてのことだ。なのに、なんということだ。だからといって自分自身が苦しまなければならない理由はない。妻に息ができないほど苦しい思いをさせないために、私が窒息しろというのか。なにもそこまでする必要はないだろう。

結局、妻に会いにはいかなかった。どんな具合なのかを尋ねもしなかった。手紙も書かなかった。子どもたちがどうしているのかも考えないことにした。物事がどのような状況にあるのか、妻にはっきりと理解させられる行動をとることにしたのだ。たとえ妻の死をもってしても、私のリディアへの愛を阻止することはできない。その頃から、私は「愛している」という動詞を使うようになっていた。それまでは、甘ったるいロマンス小説のなかの言葉としか思えなかった「愛」という言葉に、いまだかつてない意味を与えることに貢献しているという自負すらあった。

7

ヴァンダは回復し、私に連絡をよこさなくなった。手紙もぱたりと途絶えた。そんな一九七八年の三月、妻に手紙を送り、サンドロとアンナと三人で会わせてくれないかと頼んだのは、私のほうだった。

なぜそのような行動をとったのか説明するのは容易でない。表向きはすべて順風満帆に見えた。当時私はローマで暮らし、テレビ局の仕事も安定していた。リディアとの生活はとても幸せだった。妻はなにも言ってよこさなくなった。子どもたちのことも、ときおり道端で「パパ」と呼ぶ子どもの声が聞こえると、思わずはっとして振り向く程度だった。それでも胸の内になにかがつかえていた。たぶん、私にとってあまりよい時期ではなかったのだろう。さまざまな不安が頭をもたげ、思い描いていた才能が自分にはないような気がした。ひどく落ち込むことがあり、そんなときには自分が次々に成功を収めているのは、偶然の為《な》せる業にすぎないと思うのだった。いずれ世の中の潮目が変わり、私は十分にこなすだけの資質もないくせに仕事を引き受けたという驕《おご》りによって罰せられることになるだろう。そんな私の精神状態には、おそらくリディアの影響もあった。私は彼女のことをますます深く愛するようになり、優美さと知性と繊細さを兼ねそなえた彼女に、自分はふさわしくないように思えたのだ。

「なぜ僕と一緒にいるんだい?」私は尋ねてみた。

「そういうめぐり合わせだったから」

「それでは、なんの答えにもなってない」

「だって、そうなんだもの」

「じゃあ、もしすべてが終わりになるめぐり合わせだったら?」

「そうならないようにしましょうよ」

ときに私は、パーティーなど人の集まる場で、リディアを遠くから観察した。この二年ほどのあいだで、いかにも女子学生といった雰囲気は抜け、いまや多くの人から尊敬される存在となっていた。静かに燃えあがり、目がくらむほどに揺らめく炎の力が全身からほとばしり出ていた。そんな彼女を見ていると、私はいつか捨てられるだろうと思わずにはいられなかった。彼女と出会ったとき、そのあふれ出す生命力に刺激されて私の野心が躍動し、お蔭で私は一廉の成功を収めたのだった。遅かれ早かれリディアは、私に惚れたのではなく、彼女自身の熱量が私という人間におよぼした効果に惚れたのだと気づき、実際の私は不安に怯えた小心者だと理解するだろう。私のありのままの姿を目の当たりにすればするほど、ほかの男たちに惹かれるようになるにちがいない。そんなふうに考えた私は、しだいに彼女の交友関係に目を配るようになった。リディアが何気なく男友達を褒めるたびに警戒心が高まり、自分でも気づかないうちに、なにごとにも捉われない愛人から、看守に成り下がるのではあるまいかと恐れた。そんな変貌はなんの役にも立たないというのに。私はそのことを誰よりもよくわかっていた。私が望もうと望むまいと、いつの日かリディアは自分の欲望を追い求め、私を憔悴させるだろう。私が自分の欲望を追い求めてヴァンダを憔悴させたように。そう、リディアは私を裏切るのだ。まさにその言葉がふさわしかった。私とリディアはなんの約束も交わしておらず、しがらみなど一切ない間柄だったにもかかわらず。私は別の女性を欲してはいけないと思っていなかったし、彼女もほかの男を好きにならないと約束したわけでもなかった。しかし、いつかそんな状況に陥るかもしれないと想像しただけで、私はいても立ってもいられなかった。リディアが出張へ行き、そこで出会った男を好きになるかもしれない。友人や知人に惹かれて関係を持つかもしれない。パーティーに参加して、浮かれ、その場の雰囲気に身を任せるかもしれない。権威のある男に能力を見出され、その庇護下で、私が約束してあげられなかったような特権を享受するかもしれない。新しい時代は、色鮮やかなベールで古い時代を覆い隠したにすぎず、現代的な白粉《おしろい》の下で、いまだに昔ながらの脈動が息づいている。それが今日の生活であり、彼女はそんな生活をとことん楽しむのだ。いくら私が苦しんでも、それを阻止できない。そんなふうに考えているうちに、私は仕事をする気力が失せ、創作意欲も萎えるのだった。そして、すべてが私の誤った思い込みにすぎず、リディアはいまも私を愛してくれ、これからもずっと愛しつづけるだろうと自分を納得させられる方法が見つからないかぎり、ふたたび意欲が湧くことはなかった。彼女の愛が永遠でないのなら、私が過去にたどってきた苦難の道にいったいどんな意味があったというのだろう。

そんなとき、私を締めつけていた日常の網の目——会議やライバル意識、絶え間ない緊張感、ちょっとした敗北や勝利、出張、夕方や夜や朝のキスと抱擁。それらはいずれも、記憶や悔恨を目覚めさせないための申し分のない対抗措置だった——が、知覚できないほどかすかに緩む。すると、子どもと戯れる父親や、電車やバスのなかでなにやら物知り顔で教える父親、子どもに自転車の乗り方を教えるため、「ほら、こげ、こぐんだ」と叫びながら、サドルを後ろから支えて走り、心筋梗塞を起こしかけている父親たちが、そこに小さな隙間をこじあける。その隙間から記憶の底に追いやっていたヴァンダと子どもたちが現われ、私もおなじようなことをしていたかつての記憶がよみがえるのだった。私がことさら落ち込んでいた、ある凍てつく冬の朝、ナツィオナーレ通りを歩く、ひどく痩せて、みすぼらしい身なりの女性が目のなかに飛び込んできた。十歳くらいの男の子と五歳くらいの女の子を連れているのだが、兄妹で喧嘩をしていて、手に負えない様子だった。私はしばらくその母子を観察した。互いに小突き合い、悪口を言い合っている子どもたちを、母親が叱りつけている。流行後れの不恰好なコートを着た母親に、形の崩れた靴を履いた子どもたち。忘却の彼方から舞い戻ってきた私の家族だ、と思った。とたんに彼らの隣にある空っぽの場所が見えた。私のいるべき場所だ。そして、彼らをあんなふうに変えてしまったのは、その空洞なのだという確信を抱いた。

それから数日してヴァンダに手紙を書いた。二週間後、妻からの返信が届いたが、そのときにはもう、妻と子どもたちはふたたび日常の奥底に沈み、私は悲観的な考えを追いはらって元気を取り戻していた。妻からの手紙は私の神経を逆なでするものだった。「子どもたちとの関係を修復したいとあなたは手紙に書いていましたね。もう四年も経ったのだから、冷静に問題と向き合えるはずだと言うけれど、いまさら、なにに向き合うというのでしょう。あなたが求めているものの本質は、家を出ていき、私たちの生活を台無しにしたとき、そして責任に耐えきれないと言って子どもたちを置き去りにしたとき、明確に示されたのではないかしら。いずれにしても、あなたの希望を子どもたちに読んで聞かせたところ、会ってみると答えました。忘れているかもしれないので言っておくと、サンドロはいま十三歳で、アンナは九歳です。二人とも不安と恐怖に押しつぶされそうになっています。二人の精神状態をこれ以上悪くするようなことは、お願いですからしないでください」

私は重い足取りで、子どもたちとの待ち合わせ場所へ向かった。

8

「サンドロはいま十三歳で、アンナは九歳です」というヴァンダの皮肉たっぷりな一文を読み、私は子どもたちが記憶のなかの姿とは異なっているのだという心積もりをした。実際に会ってみると、二人は記憶と異なるというより、見ず知らずの子どものようだった。そして、知らない人を見るような目で私を見た。

私は二人をカフェに連れていき、おいしい食べ物と飲み物でテーブルを満たした。二人の会話を引き出そうと努めながらも、結局はずっと私が自分の話をすることになるのだった。二人は一度も私を「パパ」とは呼ばなかった。一方、私は不安でたまらず、何度も繰り返し二人の名前を口にした。生活を大きく揺るがされ、つらい思いをさせられたことだけが父親の記憶として刻まれているのではあるまいかと心配になり、実は自分は尊敬に値すべき人物で、温和な性格であり、学校の友達に自慢できるような仕事をしていることなどを思いつくままに話して聞かせた。二人の注意深い眼差しと、ときおり見せる微笑み、そして一度などはアンナがいかにも楽しそうに声を立てて笑ったことから、私の話に納得してくれたように思われた。子どもたちから、例えば、大人になったとき、どうすれば私のような仕事ができるのかといった質問が出ることを期待した。ところがサンドロはなにも言わなかったし、アンナは兄を指差しながら、おかしなことを尋ねた。

「ねえ、お兄ちゃんに靴ひもの結び方を教えたって本当？」

私はうろたえた。サンドロに靴ひもの結び方を教えたことがあっただろうか。思い出せなかった。そのときふと、直接の因果関係があったわけではないが、子どもたちを他人のように感じるのはなにも驚くに値しないと思い至った。もともと私は、二人のことをどこか他人のように感じていたのだから。彼らと一緒に暮らしていたとき、いつだって私は注意力散漫な父親で、べつに二人のことをよく知らなくても向き合うことができていたのだ。それがいま、いい恰好をしようと焦るあまり、私は二人のことをなにからなにまで吸収しようとしていた。過剰な注意力で二人を見つめ——あたかも初対面の人のように——短時間ですべてを知ろうとするあまり、細部までむさぼるように観察した。私は、娘の質問に嘘を言った。ああ、たぶんそうだと思う。サンドロにはたくさんのことを教えたからね。靴ひもの結び方も教えたと思うよ。するとサンドロが小声で言った。僕みたいな靴ひもの結び方をする人はほかにいないんだ。アンナも言い添えた。お兄ちゃんの靴ひもの結び方、すごく変なんだよ。本当にあんな結び方するの？

私はできるかぎり優しい表情を浮かべ、笑おうとした。それまで、自分の靴ひもの結び方はごく一般的なものだと思ってきた。トーンこそ違え、二人して言い張る風変わりな結び方は、サンドロが子どものとき、なにか別の方法で身につけたにちがいない。靴ひもの結び方を通して、父親との真の絆を保ってきたと信じているらしいが、このままだと勘違いだったことが明らかになってしまう。どうしたらいいだろう。私はそう危惧していた。

アンナが私の目をじっと見つめた。相変わらず愉快そうな表情をしている。口もとに浮かぶ無意識の笑みが、とりたてて楽しくないときでも彼女を陽気に見せるのだった。ちょっと結んで見せて、とアンナは言った。それを聞いて私は、アンナもまた、兄をからかっているようでいて、実のところ、その靴ひもの一件から、私が父親として接しなければならない「どこかのおじさん」ではなく、それ以上の存在であるという証拠を探しているのだと感じた。そこで二人に確かめた。いま、ここで靴ひもを結んでみせろというのかい？　そう、とアンナはうなずいた。私は片方の靴のひもをほどき、結んでみせることにした。ひもの両端を引っ張り、それを交差させ、片方の先端をもう片方のひもの下に通し、ぎゅっと締めた。子どもたちの様子をうかがうと、二人とも口をひらきかげんにして私の靴にじっと視線を注いでいる。私は少しばかり緊張しながらも、もう一度ひもの先端を交差させ、片方の先端をもう片方のひもの下に通すと、ふたたびぎゅっと締めてから、輪を作った。私はそこで自信がなくなり、いったん手をとめた。サンドロの目が満足そうに笑っている。アンナが小声でうながした。それから？　私は輪をつかみ、指のあいだでつまみながら閉じると、残ったほうのひもを下から通して、もうひとつ輪を作るなり引っ張った。私は、できたぞ、とサンドロに言った。おまえもこうやって結ぶのか？　うん、とサンドロはうなずいた。するとアンナが言った。本当だ。そんな結び方する人、ほかにいないよ。私にも教えて。

残りの時間、私とサンドロは靴ひもを何度も結んではほどき、私たちの真正面でしゃがみ込んで見ていたアンナが、両方の靴ひもを私たちとおなじやり方で結べるようになるまで繰り返した。結びながら、アンナは何度か言った。でもやっぱり、こんな結び方、変だよ。サンドロが訊いた。いつ教えてくれたの？　私は正直に答えることにした。教えたつもりはないんだ。たぶん結んでいるのを見ながら、サンドロが独りでに覚えたんじゃないのかな。その瞬間、私は二人に対して、それまで一度も感じたことのなかったような罪悪感を覚えた。

それからしばらくしてヴァンダから手紙が届いた。敵意の感じられる言葉で、二人にとって私は相変わらず捉えどころのない存在で、がっかりしたようだったと書き連ねられていた。靴ひものことについてはなんの言及もなかった。きっとサンドロとアンナが話さなかったのだろう。それでも私は、靴ひもを結んではほどくという行為によって、子どもたちとの距離がふたたび近づいたと信じていた。いや、おそらく、二人が生まれたときから一度も感じたことのなかったような近さにまで距離を縮めてくれた。そうあってほしかった。せめて、そうだと信じたかった。カフェで過ごした時間、私はかつてなかったほど、子どもたちの存在を身近に感じ、私が彼らから奪ったものに対する責任を、身体の隅々で痛感していた。父親の愛情に対する確信を揺るがせたことによって、いかに二人を傷つけたかを思い知ったのだ。私はリディアに気づかれないように注意しながら、何日ものあいだ昼も夜も泣いていた。だからこそ、二人が母親に、「がっかりした」などと言ったとは到底信じられなかった。一方で、ヴァンダが嘘をついているとも思えなかったので――彼女は決して嘘をつかなかった――、おそらくサンドロとアンナが本心とは異なることを口にしたのだろうと考えた。むろん、よかれと思って。私と会って楽しかったと言ったら、母親が苦しむだろうと気遣ったにちがいない。ヴァンダの苦悩の一つひとつが、あの子たちにとっては恐怖なのだ。そのため、母親の気分を害さないよう、私に対して感じたよい印象は、二人の胸の内にとどめておこうと思ったのだろう。

私が母のことを思い出したのはその頃だった。母は父の剃刀で手首を切ったことがあった。血が床に滴り落ち、私たち兄弟が、反対の手首も切らないよう母を押しとどめた。幼少期から思春期にかけて、そんな極端な光景を目の当たりにするたびに私が心のなかに築きあげてきた無感覚の防護壁の一部が、そのとき崩れた。そして、遠い昔の母の苦悩が、母の不満や憤怒が、あるいはずっと耐えてきた父に対する憎悪が、かつて一度も感じたことのないほどの威力を保ったまま、フィルターも介さず、私のもとへじかに押し寄せたのだ。その崩れ目から、ヴァンダの苦悩まで漏れ出した。そして、自分がどれほど妻を打ちのめしたのか、そのとき初めて生身の感覚として理解した。それだけでなく、妻の苦悩から生じる打撃を私は慎重に避けてきたけれども、二人の子どもたちはそれをまともに食らい、心を引き裂かれたのだという事実に、堪えきれないほど強烈に気づいたのだった。なのに二人は楽しそうに靴ひもの話をしていた。僕とおなじ結び方なの？　そんな結び方する人、ほかにいないよ。私にも教えて。

9

私は、ふたたび子どもたちと会うようになった。継続的に訪れることを心掛けながら、二人の住むナポリの家に顔を出したし、ローマにも連れていった。昼食も夕食もレストランで食べさせ——二人にとっては新鮮な体験だった——、しばらく前からリディアと一緒に住んでいたマッツィーニ通りの賃貸マンションに寝泊まりさせた。私は、たとえこの先、手にする成功が倍に増えたとしても、過去に残した痛みの痕を正当化することはできないと身に染みていた。そのため、仕事がおろそかになるくらいに、生活が込み入っていった。それでも、仕草や声に刻まれた痛みは消えることがなかった。アンナは、本能的にリディアの育ちのよさを拒絶し、彼女に対する反感をことあるごとに態度で示した。サンドロも、最初のうちこそ、ふてくされつつも状況に適応しようと努めていたものの、やはり私が母親とは別の女性と住んでいるマンションには入りたがらなかった。二人は私の関心が自分たちだけに向けられ、どんなときでも自分たちの要求どおりに私が動くことを求めた。その結果、私は仕事に充てられる時間が削られ、日によってはまったくとれないこともあり、そのために生じる問題に対処するため、リディアと過ごす時間を減らすしかなくなった。リディアとの生活は、それまで二人で育んできた自由気ままな暮らしの基盤を失い、仕事の締め切りやヴァンダの影、サンドロとアンナの気まぐれに対処せざるを得なくなった。

「子どもたちと一緒にいてあげて」あるときリディアが言った。

「でも君は？」

「私は待ってられる」

「いいや、君は僕を待ってはくれない。君には仕事もあるし、友達もいる。僕は捨てられるに決まってるさ」

「待ってるって言ったでしょ」

口ではそう言ってもやはり不満だったらしく、私のいないところで、リディアは自分だけの時間を過ごすことがしだいに増えていった。だからといって子どもたちが満足していたわけではなく、ヴァンダはヴァンダでまた不満を抱えていた。いくら私が、課される義務をすべてこなしながら子どもたちの世話に専心しようとも、次から次へと要求が出てくるのだった。結局私は、ナポリの家でサンドロとアンナに会うことにした。二人にとっては学校も友達もそこにあるのだし、リディアの生活をこれ以上ややこしくしたくなかった。また、ヴァンダもそれを望んでいた。ヴァンダはといえば、私に対する恨みつらみと受容のあいだで、揺れ動いているようだった。なにか私が妻の癇《かん》に障るようなことを言うと素っ気ない返事で話を打ち切るが、こちらが言うなりになっていれば優しく家においてくれ、私が仕事をしているあいだは、子どもたちが邪魔をしないように気を配ってくれた。そのうちに、昼にも夜にも、私の分の食器が食卓に自然とならぶようになった。

ほどなく、サンドロとアンナと過ごそうと思ったら、ローマに連れてくるよりも、ヴァンダの家のほうが便利なだけでなく、仕事もはかどるようになった。あるとき、リディアが出張で一週間家を留守にすることになり、私は子どもたちに乞われるまま、ナポリの家へ行った。そしてひと晩だけでなく、結局七日間そのまま居ついてしまった。そんなある晩、ヴァンダと私は、二十年ほど前に知り合った頃のことについて長い時間語り合った。二人で以前のダブルベッドに横になり、互いの身体には指一本触れずに遠い昔の思い出話にふけっているうちに、いつの間にか二人とも眠ってしまった。ローマに戻ってリディアに会ったとき、私はそのことを話した。それはちょうど、リディアの仕事の用事や、彼女の周囲に集まりはじめた称讃、私が巻き込んだ複雑な状況を受け容れている彼女の寛大さといったもののすべてに、私が不快感を募らせていた時期だった。リディアはいつだって優しく、子どもたちや妻（ヴァンダとの別居は、法的な手続きを経ていないものだったので、当時ようやく認められるようになった離婚もせずにいた）が長電話を掛けてきて、私たち二人のプライベートな生活に割り込んでも、決して怒らなかった。リディアはなにも求めなかったし、不平を言い連ねることもなかった。ただし、次々と入る彼女の用事に対して私が非難めいたことを口にすると態度を硬くした。そんな彼女を見ていると、私のことも、私たち二人の関係も、彼女にとってはどうでもいいのかもしれないという疑念が頭をもたげた。私は、リディアが怒り出し、泣き叫び、わめくことを期待した。ところが彼女はひたすら寡黙になり、ひどく蒼ざめた顔をするだけだった。そしてある日、話し合うこともなく、一緒に借りた家を出ていき、かつてのワンルームマンションに戻ってしまった。私が抗議し、家に戻るよう懇願すると、あなたがあなたのスペースを必要としているように、私も自分のスペースが必要なの、とだけ答えた。

私はその後もしばらくローマのマンションにとどまり、独りで暮らしていたが、たまらなく寂しかった。そしていつしか、ナポリの子どもたちと妻の家にちょくちょく帰るようになっていた。最初は一週間、やがてそれが二週間となり、三週間となった。そのくせ、リディアなしでは生きられなかった。何か月ものあいだ、私はほとんどストーカーのようにリディアに電話をした。ヴァンダにも子どもたちにも気づかれないように注意しながら。リディアはすぐに電話に出て、優しく相手をしてくれたけれど、会いたくてたまらないと私が口にしたとたん、さよならも言わずに電話を切ってしまうのだった。リディアが私との関係を一切絶ったのは、心のなかで彼女を求める気持ちが募る一方で、ヴァンダと子どもたちとの結びつきが堅固になっていく状況に疲弊した私が、密かな関係を持たないかと提案したときだった。なんの約束も交わさず、リディアも私も自由なまま、身体を重ねる喜びのためだけに、ときおり会ってはどうだろうか。

彼女の拒絶は、私にとってひどくつらいものだった。苦悩を和らげるために、私は全エネルギーをテレビ番組の制作に注ぎ、それが大ヒットし、高収入を手にしたので、家族そろってローマに移り住むことにした。

10

私がいつからヴァンダを恐れるようになったのか、正確には憶えていない。というより、こんなふうにはっきりと、「私はヴァンダを恐れている」と言葉にしたことはなかった。胸の内にあるこの感情を、特定の文法と構文に当てはめようとするのは初めてのことだ。ただし、そう簡単ではない。いま用いた「恐れている」という動詞も、やはり不適切な気がする。便宜的に用いてはみたものの、意味が狭く、多くをとりこぼしてしまうのだ。いずれにしても、端的に述べるならば、私のおかれた状況は次のようになる。一九八〇年から今日まで、私は、小柄で、痩せぎすで、骨の構造そのものからして脆いにもかかわらず、私から言葉とエネルギーを奪い、私を卑屈にする術を心得た女性と暮らしてきた。

このような状況は、少しずつ形づくられていったように思う。ヴァンダは、私をふたたび受け容れたが、私たちの婚姻生活の最初の十二年間を特徴づけていた穏やかな愛情をもってではない。妻は、つねに不安に苛まれ、自己を承認せずにはいられない精神状態にあった。これまでにしてきた自己啓発の成果や、あらゆるタブーを排除するための努力、完璧な女性になろうという決意についてやたらと話したがった。そんな具合に、妻が精神の均衡をうまく見出せていないように思える時期が長く続いた。やつれ果て、つねに指先が震え、視線は定まらず、次から次へと煙草を吹かした。妻は、危機が生じる以前に戻って私との関係をやり直すことは望まなかった。いまの自分が、かつての自分のようになってしまうことを拒絶していたのだ。そして、自分がいかに若くて美しく、優雅で、自由を謳歌し、私の心が離れる原因となった若い女よりも格段に上かを誇示するため、私に対して日常的に、一種の演技を強要するのだった。

私は途方に暮れた。以前のような穏やかな心遣いがあれば十分で、すべてのことにそれほどしゃかりきになる必要はないのだと妻にわからせようとした。だが、少しでも意見を口にすると、そのたびに妻が依怙地になることに、私は間もなく気づいた。当初私は、妻が最終的に勝利を収めたことで自尊心を取り戻し、いつか忘れてくれるものだと信じていた。確かに妻は忘れつつあったのだけれども、その形は予想とはかけ離れていた。かつての私の行為を面と向かって非難することはなく、屈辱や憤怒は薄れたようだった。一方で、心に負った痛みは消えずに残り、ひたすら別の捌け口を探っていたのだ。ヴァンダはなおも苦しみつづけ、苦悩の形は頑なになる一方だった。苦しみを感じるたびに苛立ちを募らせ、苦しみを感じるたびに敵意を露わにし、苦しみを感じるたびに私を蔑む口調になり、苦しみを感じるたびに態度が硬化する。私たちの新しい生活の一日いちにちが、妻にとっては断固たる挑戦だった。その本質を簡潔にまとめると次のようになる。私は昔のような都合のいい女じゃないの、私の言うとおりにできないのなら出ていって。

妻のその不安定な精神は私の気を滅入らせた。かつて私が与えた妻の苦悩は、私を捕らえることはできなかったが、悶えるような苦しみとは異なる妻の鬱屈に対しては、責任を感じたし、心も痛んだ。しだいに罪悪感に苛まれた私は、居心地の悪さを封印し、妻をできるだけ褒めようと日々努力した。妻が、自らの知性や自信、政治に対する進歩的な考えや、ベッドでの奔放さを私に対してアピールすることに飽きるのを、辛抱強く待とうと決めた。その努力は功を奏した。妻は、私が口にする引用文にあてこすりを言わなくなり、既成の秩序を打破したいという衝動も薄れ、性的な欲求も和らぎ、セルフケアも控え目なものとなった。それでも、私とのあいだでちょっとした意見の相違があるたびに、表情を曇らせることはやめなかった。私が妻の意見に賛成しないと、警戒するのだ。そこに不満を見出し、自制が効かなくなる。顔を蒼くし、震える指先で煙草に火を点けると間隔をあけずにすぱすぱと吹かし、自らの立場を擁護するため、理屈などお構いなしに主張するのだった。ついに私が譲歩し、妻の言うことが正しかったと認めると、はじめて落ち着きを取り戻し、機嫌をなおし、大袈裟にはしゃぎ、甲斐甲斐しく尽くすのだった。まもなく私は悟った。かつては、妻のほうが一歩ゆずって私と同意見であるように振る舞い、その息の合った関係によって心を落ち着けていたけれど、いまは、私が妻の意見に賛同することによって二人のあいだの同意が築けないかぎり、妻は心穏やかにならないのだった。私の反対意見の一つひとつが、妻には危機の徴候のように思え、自らの警戒心によって、ますます不安が増すらしかった。最初にすべてを投げ出したくなるのは、決まって妻のほうだった。いつしか私は、妻のことには口出しせず、私のことも妻には話さず、なにがあっても柔和で従順に振る舞うようになった。

以上が、大まかに言うと、私たち夫婦が元の鞘に納まってから二年ほどのあいだに起こったことだ。とにかく厄介な二年だった。やがてヴァンダは精神の均衡を見出した。私に十分な稼ぎがあったにもかかわらず、仕事に出たがり、会計事務所に就職した。以前にも増して痩せ、顔には苦悩の痕が刻まれていたが、エネルギーに満ちあふれ、家事も、私のことも、子どもたちのことも決して手を抜こうとしなかった。私は不適切な言動をしないようつねに気を配った。彼女の仕事の愚痴にうわの空で相槌を打ち、家事を手伝いにくる女性に対して妻が無理難題を押し付けても傍観し、家庭内の厳格な規律を遵守した。私が公の場に出る必要がある場合には必ず妻に同伴を求め、妻は嬉々としてついてきては、あらゆるものや人を観察した。そして、家に帰るなり、超のつく有名人たちの虚栄心や、私にやたらと馴れ馴れしく振る舞っていた女性たちの特徴――甘ったるい声、人工的な美貌、気取ったお喋り――を逐一こきおろすだけでなく、私を笑わせようと、おもしろおかしく脚色して語るのだった。

唯一私が懲りずに口を出したのは、子どもたちの教育に関わる事柄だった。妻は極端に禁欲的な生活を子どもたちに強いる傾向があり、私はそれに我慢できなかった。余分な買い物は一切なし、テレビもごく短時間だけ、音楽もほとんど聴かず、夜もめったに出掛けず、勉強に専念する。私は、すがるように見るサンドロとアンナの視線の重みを感じていた。事情こそ違え、二人は代わる代わる、父親としての威厳を発揮して自分たちの肩を持ってくれと無言で訴えるのだった。私は、ほかでもなく二人のために家へ戻ったので、最初のうちは自分にこう言い聞かせていた。父親としての役割を果たすんだ。ここは口を出すべきところだろう。ここで介入しなくてどうする。実際、何度も介入を試みた。とりわけ子どもたちがなにか決まりごとを破り、それに対して妻が長たらしく説教をしているとき、私は黙っていられなかった。妻は口調こそ穏やかだったが、次々と畳みかける論理で子どもたちをがんじがらめにしてしまうのだ。そんなとき、私は黙っていられなくなり、慎重に、注意深く両者のあいだを執り成しながら、自分の意見を述べた。ヴァンダはいったん口をつぐみ、私の話に耳を傾ける。子どもたちの表情は明るくなり、なかでもアンナは感謝の眼差しで私を見た。ところが、しばらくすると妻は、まるで私の意見など聞いていなかったかのように、あるいは私が反論の価値すらないほどくだらないことを言ったかのように、もっとひどいことには、私などその場に存在していないかのように振る舞った。子どもたちをますます追い詰めるような論法を繰り出しておいて、最後に取って付けたように言うのだった。あなたたちの意見を遠慮なく聞かせてちょうだい。お母さんの言ったことに賛成？　それとも反対？

一度、妻が弾かれたように、私に向かって冷たく言い放ったことがあった。

「話しているのは私？　それともあなた？」

「君だ」

「だったらお願いだから、この部屋から出てって。私にこの子たちと話をさせてちょうだい」

私は妻の命令にしたがい、子どもたちの期待を裏切った。その後、妻とのあいだに気まずい空気が何時間も続き、とうとう夜中に正真正銘の口論となった。

「私は母親として失格かしら？」

「そうは言ってない」

「子どもたちにリディアみたいになってほしいと思ってるの？」

「どうしてそこにリディアが出てくるんだ」

「あなたの理想の人じゃなかったかしら？」

「やめてくれ」

「子どもたちをリディアのように育てたいのなら、三人で彼女のところへ行けばいいんだわ。私はもう付き合いきれない」


私は引き下がった。取り乱し、泣き叫び、ふたたび塞ぎ込む妻の姿は見たくなかった。苦悩はいつまでもそこにあり、決してなくならないのだ。以来、妻が子どもたちを質問攻めにし、返事に、素直さではなく一貫性を求めても、私は見て見ぬふりをするようになった。サンドロとアンナは不信の目を私に向けた。最初のうちは、心の底で問いかけていたにちがいない。この人は何者なんだろう。なにを考えているんだろう。いったいいつになったら、いいかげんにしろ、子どもたちの好きにさせてやれと怒鳴って、僕たちを助けてくれるんだろう。そのうちに、問いかけることもやめてしまった。おそらく両親の均衡がそこにあるのだと理解し、あきらめたのだろう。その均衡を破るには、いつでもヴァンダの舌先から飛び出す準備のできている言葉（私を無条件で受け容れることを態度で示しつづけるか、それが嫌なら、いますぐあのドアから出ていって）に対して、言い返す覚悟が私になければならなかった。好きなだけわめくがいい。自殺すると脅そうが、子どもたちを殺すと脅そうが勝手にしろ。もう君には耐えられない。望みどおり出ていくよ。けれども、私にはそんなことはできなかった。一度行動に移し、徒労に終わったのだから。

こうして歳月が規則正しく過ぎていき、私たちは裕福で一目置かれる家庭を築いていた。私はかなりの稼ぎをあげ、それをヴァンダが昔ながらの並外れた倹約気質で貯め込み、テヴェレ川から歩いてすぐのところにある、この家を購入した。サンドロは大学を卒業、続いてアンナも卒業した。二人とも苦労して仕事を見つけても、すぐにまた失業し、いまだに親に金を無心している。安定とは無縁の暮らしだ。サンドロは付き合う女性が変わるたびに子どもをつくり、四人の子どもがいる。その子たちのためにすべてを犠牲にし、この世で唯一大切なものは子どもたちだと公言してはばからない。一方のアンナは、子どもを産むことを拒絶してきた。子づくりは人類の非文明的行為のひとつであり、獣時代の名残だと主張している。サンドロもアンナも、非常識ともいえる頼みごとを私に持ちかけることはない。どんなことだろうと、我が家で決定権を握るのは母親だとわかっているのだ。まるで人畜無害で口の利けない亡霊のように、家のなかを歩きまわる父親の姿を長年見てきたのだから、無理もない。私の人生はすべて彼らのいないところで完結してきた。家庭での私は影のような人間で、いつだって無口だった。ヴァンダがひどくはしゃいで私の友達や私の親戚を招待し、私の誕生日を祝うときでも。もはや妻と衝突することはなかった。公私を問わず、どのような状況でも、私は黙っているか、あるいはいくぶん楽しそうな顔をしてうなずくだけだった。そんな私に対して妻は、表面的には愛情をとりつくろいながらも、なにかをほのめかすように、皮肉めいた口調で話すのだった。

皮肉か、場合によっては嫌味ともとれる口調で。妻はいつも、飴と鞭のあいだで揺れていた。私がたまたま不適切な発言をしたり、感情を露わにした視線を向けると、妻は辛辣な言葉で私を非難する。すると、私のなかでなにかが慌てて身を隠すのだった。では、私の資質や長所を妻はどのように見ているのだろうか。ヴァンダは、私自身にも、子どもたちにも、家事を手伝いにくる女性にも、友人にも、客人にも、私のことを「いい人」だと言ってきた。よきパートナーであり、若い頃には才気煥発だったと。ただし、私の仕事に対しても、成功に対しても、本気で興味を示すことはなかった。たまに気乗りのしない様子で私の仕事を評価することがあるとしたら、お蔭でそこそこ豊かな暮らしができたと強調するためだった。

いつだったろう。たしか十五年ぐらい前のことだと思う。私たちは夏の休暇を過ごしていた。一緒に海岸沿いを散歩していると、妻が普段の話しぶりとは異なる真剣な口ぶりで言った。

「私たちのこと、なにもかも忘れたわ」

私は勇気を出して問い返した。

「いつのことだい?」

「ずっとよ。出会ったばかりの頃から今日まで。そして私が死ぬときまで」

私はあえて言い返さなかった。その時間の流れはあまり意味のないものだという軽口すら叩かなかった。そのとき私を救ってくれたのは、水のなかできらりと光った百リラ硬貨だった。私は、きっと喜ぶだろうと思い、拾って妻に渡した。すると彼女は、それをじっくり眺めまわしたうえで、ふたたび海に投げ入れたのだった。

11

そのときの短い会話を、私は後々よく思い返した。そのときどきで、なにも私に語りかけてこないこともあったし、すべてを意味しているように思えることもあった。私も妻も、あえてなにもいわない術を心得ている。何年も前の危機から、私たちはお互い、一緒に暮らしていくためには、伝え合うよりもはるかに多くのことについて黙する必要があるのだと学んだ。そして、それはうまくいった。ヴァンダが口にし、行動することは、たいてい彼女が胸の内に秘めていることのサインだった。私は絶えず妻に同意することによって、この数十年というもの、妻と共有できる感情などなにひとつないことを隠してきたのだった。一九七五年、私たちが残酷なまでに感情をむき出しにして対立していたとき、妻が叫んだことがあった。だからあなたは薬指の結婚指輪を切断したのね。そうやって、私をやっかい払いするつもりなんだわ。それに対して私が、無意識のうちにうなずいたものだから——当時、私は自分の身体をコントロールできていなかった——ヴァンダは自分の結婚指輪を薬指から外して、投げつけた。小さな金色の輪は壁にぶつかり、コンロのほうへ跳ね返ると、床に落ち、まるで生きているかのように簞笥の下へと転がっていった。それから五年後、私が家に戻ることを決めると、いつの間にか妻の薬指にはまた結婚指輪がはめられていた。その意味は明らかだった。私はまだあなたと結ばれていると感じているけれど、あなたはどうなの？　その無言の問いかけは、これまでとは異なるトーンでの命令だった。無言だろうが声を張りあげようが、とにかくただちに答えることを私に求めていた。数日のあいだ私はその圧力に抗ってみたものの、薬指のまわりで指輪を回転させる妻の仕草が日ごとに神経質になっていくのが嫌でも目についた。妻の指にふたたびはめられた結婚指輪は、ほかでもなく私の意思を確かめるためのものだったのだ。私は宝飾店を訪れ、薬指に金の輪をはめて帰宅した。内側に私たちが和解した日付を刻んでもらった。妻は無言だった。私もとくになにも言わなかった。ところが指輪をしていたにもかかわらず、そのあとすぐ――家に戻ってから三か月もしないうちに――私は愛人をつくり、数年前までとことん妻に不誠実でありつづけた。

自分がなぜそのような態度をとったのかはよくわからない。誘惑の悦びや、性的好奇心、それと、浮気をするたびに失いかけていた創造力がよみがえる気がするという（根拠のない）思い込みなどがなんらかの影響をおよぼしていたことは間違いない。しかし、より曖昧ではあるが、真実に近い動機をあげておきたい。妻と元の鞘に納まり、家族の許に帰り、ふたたび結婚指輪をはめたものの、それでも私は自由の身であり、真の結びつきなどないことを自分自身に証明してみせたかったのだ。

一方で私は、つねにできるだけ用心深く振る舞った。浮気相手には、折を見計らって必ず告げていた。君のことを欲しているけれども、長い友達付き合いをしたいのなら、はっきりさせてほしい。私には妻子がいて、かつて妻と子どもたちに耐えがたい苦しみを与えたことがある。これ以上家族を苦しめることはできない。だから、限られた時間、慎重に密会を愉しむ関係でも構わなければ続けよう。さもなければお別れだ。それに対して辛辣な言葉が返ってきたことは一度もなかった。時代が変わったのだ。独身女性も既婚女性も、それまで男たちがしてきたように気軽に快楽を追い求めるようになっていた。若い女の子たちは、あまりにガードが固いと時代後れなのではあるまいかと感じたし、夫や子どものいる女たちは、不倫を些細な罪と捉えるか、さもなければより単純に、女を虜にするための男たちの秘策と見做すようになった。その結果、特別な愛情を求めることなく、自分たちの欲求をためらわずに顕示するようになり、私の求めにも、まるでその前提自体が刺激的な物語であるかのように、楽しげに耳を傾けたのだ。こうして、私は女性との密会を繰り返した。相手に夢中になり、過去の過ちをふたたび繰り返すのではあるまいかと不安になることがまったくなかったわけではない。ごく稀に、愛人のほうから別れを切り出されると、そのような心境に陥った。すると、リディアの残した心の奥底の傷がぱっくりと口を開け、数週間か数か月のあいだ、そのまま死んでしまいたくなるのだった。

　それでも死ぬことはなかった。新たな意気阻喪《いきそそう》から私を救ってくれたのは、リディアの幻影だった。私がほかのどんな女性に対しても我を失わずにいたのは、リディアへの思慕がまだ断ち切れていなかったからだ。彼女を忘れたことは一度もなく、リディアのことを考えると、なおも心が千々に乱れた。そのため、毎年欠かさずなんらかの口実を見つけてはリディアに会おうとし、彼女がどのような人生を送っているのか執拗に探った。彼女はいまでも大学で教鞭を執っているが、まもなく退官だ。新聞に記事を投稿することもある。経済学者として高く評価されていて、とりわけ昨今のような失業と貧困がはびこる時代においては引っ張りだこのようだ。三十年前に、そこそこ著名な作家と結婚した。存命のあいだはある程度の名声を享受するものの、死んでしまえば誰からも顧みられない類《たぐい》の作家だ。結婚生活はうまくいっているらしい。三人の男の子に恵まれ、いまでは三人とも成人し、いずれも注目の業界に就職し、国外でたいそうな高給を手にしている。リディアが幸せな暮らしを手にできたことを、私も喜んでいる。最初のうち、彼女は私に会いたがらなかったので、私は門の前で待ち伏せし、遠くからこっそりうかがっては、相変わらずセンスのいい配色の服や、優雅な歩き方に魅了されていた。ところが、何年か経つと折れてくれ、あたかも一年に一度の儀式のように、定期的に会うようになった。だが、会ったあと必ず、私の感情は泡立つのだった。会うたびに、彼女は自分のことを饒舌に語る。ただ会うだけで、やましいところはなかったし、これからもないだろう。私は彼女のお喋りに熱心に耳を傾ける。彼女の生活は、しだいに私の生活よりも充実したものとなっていった。だが、最近ではさすがの彼女も充足感が減りはじめたのか、息子たちの成功についてばかり話すようになった。リディアの旦那は、私たちのことをすべて知っている。私の、不満だらけの老人ならではの愚痴や、サンドロとアンナに関する心配ごとまで、たぶん旦那に筒抜けなのだろう。一方、妻は、私が何年も前に家を出ていく原因となった女性とずっと連絡を取り合ってきたことなど露ほども知らない。万が一妻に知られたら、どのような騒動になるのか、想像したくもない。リディアという名前すら、この四十年ずっと禁句だった。妻は、たとえ私の何人もの愛人のリストを受け容れたとしても、いまだにリディアと会い、お喋りをし、そして彼女を愛しているという事実だけは、絶対に受け容れないだろう。

第三章

I

私ははっとして目が覚めた。まだ書斎にいて、ヴァンダの手紙を脇腹の下に敷いたまま寝ていた。電気がつけっぱなしになっていたが、鎧戸の隙間から淡いピンクの光が洩れていて、朝がそこまで来ていることがわかった。私は、四十年前の憤りや哀願、涙にまみれて眠ってしまったのだ。

上半身を起こしてみた。背中と首と右手が痛む。立ちあがろうとしたが身体が言うことを聞かない。いったん四つん這いになってから、本棚につかまり、うめき声をあげながらようやく立ちあがった。不安に胸が締めつけられた。夢のせいでまだ頭がぼうっとしている。いったいなんの夢を見ていたのだろうか。夢のなかでも私はひどく散らかった書斎にいた。床に転がった本のあいだでリディアが横たわっていた。何年も前とおなじ容姿をしていた。そんな彼女を見ると、自分がますます老けたように感じられ、少しも嬉しくなく、居たたまれなさだけが募るのだった。私の家がまるごとローマから離れようとしていた。運河を流れていく舟のように、かすかに揺れながらゆっくりと動いている。最初のうちは、その動きがごく普通に思えたのだが、やがてどこか奇妙なことに気づいた。マンションの部屋全体がヴェネツィアに向かって移動しているというのに、あらゆる理屈に反して、その一部はローマに残っていた。細部までまったく同一の書斎がなぜ二つあるのか、私にはさっぱり理解できなかった。私という人間もリディアという人間も両方にいて、片方は動かずにとり残され、もう一方は家全体と一緒に遠ざかっていった。ところが、私と一緒にヴェネツィアに向かって移動している若い女性は、よく見るとリディアではなく、電気治療器の配達員であることに気づき、その発見に私は息が止まりかけ、目を覚ましたのだった。

時計を見ると、五時二十分だった。右脚も痛む。苦労して鎧戸を巻きあげ、フランス窓を開けると、さわやかな風にあたってしっかり目を覚まそうとバルコニーに出た。鳥が騒々しくさえずり、建物と建物のあいだに四角く冷淡な空が見えた。私は胸の内でつぶやいた。ヴァンダが目を覚まさないうちに手紙を片づけなければ。件《くだん》の手紙がいまだに保管されていて、賊によって引っ張り出され、床に散らばり、私が読んだことを知ったら、妻はひどく気分を害するだろう。そう、私はそれらを「読んだ」のだ。「読み返した」のではなく。あたかもその晩、初めて受け取ったかのように。ひょっとすると妻は手紙を書いたことすら記憶になく、怒り出すかもしれない。それも当然だろう。失われた時代や文化における精神の不均衡から生まれた言葉が、突如としてふたたび存在感を放つなんて、許しがたいことだ。そこに認《したた》められた文章は我を失った妻のものであり、もはや妻には属さない声の痕跡なのだ。私は急いで部屋に戻り、手紙をかき集めるとゴミ袋に投げ入れた。

そして、これからなにをするべきか自問した。コーヒーを淹れる？　シャワーを浴びて目を覚ます？　ほかに心を痛める書類が散らばっていないか、すぐに確認する？　とりあえず目だけを動かして、もう一度部屋を見まわした。床、家具、ゴミ袋、板の外れた棚、天井。そのとき、視線がプラハのキューブの上ではたと止まった。私の秘密がしまわれたキューブ。手前に飛び出しすぎていて、いまにも落ちそうだった。もっと奥に押し込まなくてはと思った。だが、その前にヴァンダがまだ眠っているか耳を澄ましてみた。鳥の鳴き声があまりに大きく、ほかの物音をすべてかき消していた。私は、ノブの音をできるだけ立てないように注意しながらドアを順に開けていき、忍び足で寝室へ行った。薄暗がりのなかに妻の姿が見えた。軽く口を開け、静かに寝息を立てている小柄な老婦人。なにか夢を見て、感激しているように見えた。これまでずっと、私や子どもたち、そして世間から身を護ってきた理論の鎧を脱いで、いまこの瞬間は素のままの自分に身を委ねているにちがいない。けれども私は、彼女の混沌とした内面はなにも知らなかった。これから先もなにも知り得ないだろう。妻の額に軽くキスをした。彼女の息が一瞬だけ止まったが、すぐにまた元のリズムに戻った。

開けたときとおなじくらい慎重に、またドアを順に閉めながら書斎に戻った。そして、金属製の脚立の最上段まで登ると、ひとつの面の中央を強く押して、青い色のキューブを開けた。中は、空っぽだった。

2

そのプラハのキューブには、一九七六年から七八年にかけて撮ったポラロイド写真がこの数十年しまってあった。私は当時、ポラロイドカメラを購入し、なにかにつけてリディアの写真を撮っていた。通常のカメラだと、自分で現像しないかぎり、フィルムを写真店に持ち込まなければならなかったから、プライベートを他人の目に晒すことが前提とされていた。ところがポラロイドならば、シャッターを切ったとたん、その場で現像される。リディアが、その奇跡を一緒に見届けようと隣に来るか来ないかのうちに、カメラから吐き出された小さな四角い紙の濃い霧のなかから、彼女の華奢な身体の複製が現われるのだった。その二、三年で、私は何枚ものポラロイド写真を撮りためた。ヴァンダの許に戻ったときにも、リディアを撮影することによって、私の生きる喜びを写しているように思えた写真は処分できなかった。なかにはヌード姿のリディアも少なくなかった。

私はいきなり頭を殴られたかのような衝撃を受けて脚立の上で立ちつくした。そのとき、理由はわからなかったものの、ふとラベスのことを思い出した。夜のあいだじゅう完全に忘れていたというのに。恋人を探しに行ったのかもしれませんよ、と若い警察官は笑いながら言った。

性の話題はいつだって笑いの種になる。それが揉めごとをまき散らし、人を不幸にし、暴力へと駆り立て、場合によっては絶望や死に至らしめることもあると誰もが知っているのに。私が家を出たとき、いったい何人の友人や知人に後ろ指をさされ、笑いものにされたことか。皆おもしろがっていたにちがいない（アルドが女遊びに夢中らしいぞ、あっはっは）。それはまさしく、ラベスが発情して放浪の旅に出たという推測に対して、ナダールや私や警察官がとった態度とおなじだった。ただし、私は家に戻ったが、ラベスはまだ戻っていない。猫の鳴き声は一切聞こえず、鳥がさえずるばかりだ。私はヴァンダのことを考えた。妻は、警官の軽口に対して笑いもせず、不愉快そうに私を見た。ラベスは誘拐されたのであり、遅かれ早かれ泥棒たちから身代金が要求されると妻は主張した。ところが男たちは誰一人、老婦人の仮説を真に受けなかった。とくに警察官は端《はな》から取り合わず、ロマは、猫を誘拐して身代金と引き換えに返すなんて手の込んだことはしませんよ、と言った。私は脚立の上でつぶやいた。確かにそうだ、ロマはそんなことをしない。そして、なぜ突然ラベスのことを思い出したのかわかった気がした。ポラロイド写真と猫は、エロスと消失という二つの共通項を持っていたのだ。我が家に侵入した泥棒はロマの少年たちではなく、単に貴金属を狙っていたのでもない。家を荒らして住人の弱みを見つけ出し、後から連絡をよこして金を脅しとるつもりなのだ。

私は、電気治療器を配達に来た女が、いかに熱心に猫をかまっていたか、いかにその快活な瞳であちらこちらの本やオブジェや青いキューブを眺めまわしていたかを思い返した。とりわけ青いキューブは、高くてあまり目立たない位置にあったにもかかわらず、真っ先に目をつけたじゃないか。すごくきれいな青ですね、と言ったのだ。なんて鋭い目なんだ。私は頭に血がのぼるのを感じ、それを抑えようとした。私ぐらいの年になると、単なる疑惑がやがて根拠のある仮説になり、根拠のある仮説が絶対的な確信となり、絶対的な確信が強迫観念になるということが、いとも簡単に起こり得る。とりあえず一段ずつ注意深く脚立から下りた。その仮説は、私に道を見誤らせる危険があった。まずは、より明白で、差し迫った危険がないか確認しなくてはならない。泥棒たちは――私は配達の女のことを意図的に頭から追いやり、「泥棒」という一般名詞に戻した――、キューブを見つけ、開けることに成功した。そして中の写真を見たものの、せせら笑っただけで、棚やロフトから引きずり下ろして床にぶちまけたほかの膨大な量の物と一緒に、放り投げたにちがいない。その可能性がもっとも高いだろう。だとしたら、書斎だけでなく、ほかのすべての部屋に散らばっている物を急いで確認しなければならない。ヴァンダにポラロイド写真を見つけられることだけはなんとしてでも避けたかった。そんなことになったら大惨事だ。人生の晩年に差しかかり、老いと向き合い、二人とも身体が弱り、互いに助け合う必要が生じてきたいまになって、ふたたび牙を剝き合うようになったら、何年ものあいだ忍従し、数えきれないほどの用心や我慢を重ねてきた意味がなくなってしまうではないか。私は、隅から隅までもう一度、注意深く調べなおすことにした。まずは本棚の前に積みあげてあった物の山を探った。気づかなかっただけで、写真はひと晩じゅう自分のそばにあったのかもしれないと思いながら。

ところが、捜そうとすればするほど集中できなくなった。リディアのことや、一緒に過ごした幸せな日々を思い出さずにはいられなかったのだ。もしもポラロイド写真が見つかったら、手紙と同様、ゴミ袋のなかに捨てなければならない。けれども写真が永久に失われることには耐えられなかった。ときおり一人で家にいるとき、それを眺めては高揚し、自分を慰め、物悲しくなり、人生のうちの短い期間ではあったけれど、私は幸せだったのだと感じることさえできないなんて……。それでなくともここのところ、当時の悦びや、なんの毒気も帯びていない軽やかな彼女の息づかいは、老いらくの妄想でしかなく、脳の酸素不足から生じる幻影ではないかと思うことがあった。これからどうなるのだろう。私は、熱狂と無気力という相容れない二つの心境が入り混じったなかで家探しを続け、書斎にもリビングにも写真はないという結論にたどり着いた。ではどこに？　もう少ししたらヴァンダが起きてきて、私は足下にもおよばない効率のよさで片づけを始めることだろう。妻の目は物思いによって曇ることもなく、なにも見逃さなかった。ポラロイド写真は、寝室か、さもなければサンドロかアンナが使っていた部屋に紛れ込んだにちがいない。もしも先に妻の目に留まりでもすれば、私がリディアを片時も忘れたことがなく、この数十年のあいだリディアは不可侵の若さのなかで保たれつづけたというのに、妻は私の目に晒され、私の手に触れられ、避けようもなく老いてきたという事実が発覚するだけではない。妻の怒りを鎮めるために、私は妻の目の前で写真を破り、コンロで燃やさなければならなくなる。最後に写真を目に焼きつけることさえ許されずに。

私はまたしても物音を立てないようにドアを開け、こんどはアンナの部屋に入った。そこも惨憺たるありさまだった。無数の絵葉書や新聞の切り抜き、俳優や歌手の写真、色鮮やかなデザイン画、書けなくなったペン、物差しや三角定規、ありとあらゆる物が散乱しているなかを丹念に捜す。そのうちに寝室のドアが開く音がして、足音が近づいてきた。青ざめ、目を腫らしたヴァンダが、敷居のところに現われた。

「ラベスは見つかった?」

「いいや、見つかってたら、すぐに起こしたよ」

「あなたは寝たの?」

「少しだけね」

3

私たちは、いつものようにほとんど口を利かずに朝食をすませた。しばらく間をおいて、もう少し眠ったらと妻を説得してみたが、拒否された。妻がバスルームにこもったので、私は安堵の息をつき、かつてサンドロが使っていた部屋へ急いで向かい、写真を捜した。だが、いかんせん時間が足りない。二十分もすると、ヴァンダがバスルームから出てきた。髪は濡れたままだし、顔には不機嫌な表情が貼りついていたものの、早くも家を隅から隅まで片づける心構えができていた。

「なにを捜しているの？」妻が訝しげに尋ねた。

「べつに。片づけてるのさ」

「そうは見えないけど……」

妻は私の存在が目障りなようだった。これまでも妻は、私の手助けを当てにしたことはなく、なににつけても自分一人でやったほうが早いし、うまくいくと信じている節があった。私は少しむっとして言い返した。

「リビングと書斎はずいぶん片づいただろう？」

妻は見に行ったかと思うと、いかにも不服そうな顔で戻ってきた。

「必要な物まで捨ててないでしょうね？」

「粉々になって使えない物を処分しただけだ」

妻が納得のいかない顔で首を振っているので、私はゴミ袋のなかまで点検されるのではあるまいかと不安になった。

「信用してくれよ」

妻は口のなかでつぶやいた。

「あそこにゴミ袋がいくつもあると邪魔だから、集積所に出してきてちょうだい」

私はうろたえた。妻一人を家において出たくはなかった。彼女のあとをついてまわり、どこかに写真があったら、先まわりして隠すつもりだった。

「手伝ってくれないか。たくさんあるから一人じゃ無理だ」

「何回かに分けて往復すればいいでしょ。家を留守にはできないわ」

「どうしてだい？」

「電話がかかってくるかもしれないもの」

妻は相変わらず、泥棒が連絡をよこし、ラベスを返しにくると信じて疑わないようだった。妻の思い込みに影響されて、私はまたしても、電気治療器を届けに来た女を疑いはじめた。電話があるとしたらあの女からだ。いや、違う。もしかすると、彼女の共犯者だと思われる、フェイクレザーのジャケットの男からかもしれない。

「夫に代われと言うんじゃないのか？」

「そんなことないわよ」

「こういうとき、普通は男と交渉するものだ」

「なにを言ってるの」

「君は、本気で猫のために身代金を払うつもりでいるのか？」

「ラベスが殺されてもいいの？」

「いいや」

件の女と男の声や嘲り、高笑いが私の脳内でこだました。猫を返してほしいならいくら、写真を返してほしいならいくら、と金額を要求してくるだろう。払わないと言ったら？　支払わないなら写真を奥さんに見せますよ。むろん、こんなふうに答えることもできる。それは妻の若い頃の写真です。だが、笑い飛ばされ、反論されるだけだろう。でしたら問題ありませんね。

猫と一緒に奥さんにお返ししておきます。すべてが予測できた。私は時間を稼ぎたくて、溜め息をついた。

「まったく、世の中にはどれだけの暴力が蔓延してるんだ」

「暴力なら昔からあったでしょ」

「だが、我が家にまで入り込んだことはなかった」

「そうかしら？」

私は口をつぐんだ。すると妻が有無を言わさぬ勢いで命じた。

「早く捨ててきて」

私は、見落としていたガラスの破片を拾おうと、腰をかがめた。

「おそらく、家の片づけを全部終えてから、ゴミをまとめて下に運んだほうが効率的だと思うがね」

「片づけをするために、空いたスペースが必要なの。さあ、行って」

ゴミ袋を一つ残らずエレベーターに積んだところ、私の入る余地がなくなった。仕方なく階段で一階まで下りてから、ボタンを押してエレベーターを呼んだ。それから、中身がぎゅっと詰まって重くなった袋を集積所まで引きずって運んだものの、紙ゴミ用のコンテナにも、ガラスやプラスチック用のコンテナにも入らない。本来ならば一つひとつ中身を分類すべきだろうが、そんな気にもなれなかった。結局、ゴミ袋をアスファルトの上に放置することにした。ただし、一袋ずつ丁寧にならべて置いた。窓からナダールが見ていませんようにと祈りながら。

朝だというのにすでに暑く、私は噴き出す汗をぬぐった。ナダールに見られているかもしれないと仮定したことにより、ほかの人の視線まで気になった。泥棒が必ず電話で連絡をよこすとはかぎらない。どこかに身を潜めていて、私を見張っているかもしれない。数台しか見当たらない車の一台に寄りかかっている黒人の若者は、ひょっとすると一味ではあるまいか？　通りには相変わらず人気《ひとけ》がなく、ほかには誰もいなかった。私は目の端でその若者の動きを警戒しながら、マンションのエントランスに戻った。胸の鼓動が速くなり、全身が腫れぼったく感じられ、後頭部はずきずきと痛んだ。サンドロとアンナがふと現われてくれたらいいのにと思った。そんなことを願うのは初めてだった。二人が手を貸してくれ、普段と変わらず愛情をこめて私のことをからかいながら、老いてどろどろになった血液のなかから救い出してくれることを願った。大袈裟なんだよ。なにもないところに危険や陰謀が潜んでると思い込むなんて。もっと地に足をつけて生きたらどう？　十年前まで書いていたドラマのシナリオを、頭のなかでまだ書きつづけてるつもり？

私は不安に駆られながら家に戻った。もし私のいないあいだにヴァンダが写真を見つけたのなら、顔を見ただけでわかるはずだ。状況次第で口からすぐに出てくるように、対立回避の言い逃れを頭のなかで急いで組み立てた。全然心当たりがないね。いったいどこから出てきたんだろう。それもついでに捨ててくるから貸してくれ。私は、ものを整理する必要があることも強調すべきだと考えた。家がこのような状態になった以上、不用品を徹底的に洗い出して処分するいい機会だと考えたのだ。とはいえ、ヴァンダもおなじ意見のように思われた。片づけに取りかかる気満々で起きてきたのだから。ところがリビングをのぞいてみると、少しも片づいていないようだった。妻は失くしものでもしたかのように、片隅にしゃがんでなにやら捜している。私の気配に気づくなり、薄手のワンピースを両手で撫でつけながら、唇をぎゅっと結んで立ちあがった。

4

陽が高くなるにつれ、気温がぐんぐんあがった。リビングと書斎は妻に任せ、私はサンドロとアンナの部屋を片づけることにした。落ち着いて写真を捜せるよう、自分で役割分担を決めたのだ。妻はなにも言ってこなかった。物音すら聞こえない。しばらくすると、私は寝室とバスルームに移動して、やはり隈なく調べた。結局ポラロイド写真はどこにもなく、つまりは最悪の事態に備えなければならないのだと思いながら、私はリビングに戻った。妻は窓の開け放たれたバルコニーの敷居に座り込み、ぼんやり外を見ていた。ずいぶん長い時間が経過していたにもかかわらず、なにも動かした気配はなく、リビングは私が出ていったときのままだった。

「具合でも悪いのか?」私は尋ねた。

「いいえ、元気よ」

「なにか問題でも？」

「なにもかも」

私はできるかぎり愛情のこもった声色で言った。

「大丈夫。ラベスは必ず帰ってくるさ」

すると、妻が振り向いて私をにらんだ。

「いまになってどうして、ラベスと名付けた理由を私に教えることにしたの？」

「隠してきたつもりはない。うちの獣《ラ・ベスティア》だから、『ラベス』と名づけることにした。そのどこが悪いんだ？」

「嘘つき。あなたはいつだって嘘つきだった。年をとってもそうやって嘘をつきつづけるのね」

「君の言っていることが理解できない」

「ちゃんとわかってるくせに。床にラテン語の辞書が落ちてたわ」

私は言い返さなかった。ヴァンダは憤懣をぶちまけたいとき、いつもそうやって取るに足らない事柄から話をふくらませる癖がある。私は、妻が気怠そうに指を差した部屋の隅に行ってみた。床には、比較的状態のいいほかの本に混じって、ラテン語の辞書があった。十六年前に私が決めた猫の名前とおなじ単語の書かれたページがひらいてある。偶然だろう。最初のうちは、ヴァンダ自身もそのことをさほど重視していないように思われた。いつものような皮肉たっぷりの口調ではなく、たんに言葉をつなぐ道具として声を用いているだけで、意味には無関心であるかのように喋っていたからだ。妻は、ふたたびバルコニーの手すりの向こうをぼんやり見つめながら話を続けた。辞書はLのところでひらいてあって、ラベスという見出し語にペンで下線が引かれていたわ。意味の一つひとつにまでね。「没落」「山崩れ」「崩壊」「破滅」。あなたらしい悪ふざけよね。なにも知らない私は愛情をこめて猫を呼んでいたのに、あなたは思いきり否定的な意味合いとともにその名前が家じゅうに響くのを聞いて、にやついていたんだわ。「災難」「不幸」「汚染」「卑劣」「恥辱」。私に「恥辱」なんて言わせてたのね。あなたは昔からそういう人だった。優しいふりをして、意地悪な感情をゆがんだ形で発散するの。あなたがそういう人だといつ気づいたのか憶えていないけれど、いずれにしても、ずいぶん早い時期だったと思う。何十年も前のことよ。ひょっとすると結婚する前から知っていたのかもしれない。それでも私はあなたと一緒になった。まだ若かったし、あなたに強く惹かれていた。それが単に偶然の成せる業だとも知らずにね。何年ものあいだ、私は幸せじゃなかった。だからといって不幸せだったわけでもない。あなたに対して抱いたのと同程度の好奇心は、ほかの男の人に対しても抱くのだと知ったときには、もう手後れだった。私はうろたえて、周囲を見まわすばかり。こんなふうに考えながらね。きっかけさえあれば、愛を育むことができる。愛なんて雨みたいなもの。ひと粒の雨がたまたま別の粒にぶつかり、流れが生まれる。最初に抱いた好奇心を追いかけていきさえすれば、好奇心がやがて恋心になり、恋心がふくらむとセックスに行き着き、セックスは繰り返しを求め、繰り返しによって必然や習慣が築かれる。それでも私は、生涯あなた以外の人を愛してはいけないのだと信じていたものだから、ずっと顔をそむけて、気まぐれな子どもたちの相手をしてきた。まったくバカみたい。私があなたのことを本当に愛していたとして――いまとなってはそれすらあまり確信がない。人は愛という入れ物のなかになんでも押し込めようとするものだから――、長続きはしなかった。確かに言えることは、私にとってあなたは唯一無二の存在ではなかったし、熱烈な恋でもなかった。ただ、あなたは私を大人の女にしてくれ、夫婦としての暮らしやセックス、子どもを持つことを可能にしてくれた。あなたが私をおいて家を出ていったとき、私はなにより、あなたのために自分をどれほど無駄に犠牲にしてきたのかを思い知らされて悲しかった。戻ってきたあなたを家に迎え入れたのは、ただ、あなたに奪われたものを返してもらいたかったからなの。だけどすぐにわかったわ。感情や欲望、セックス、さまざまな思いが複雑にもつれるなかで、いったいなにをあなたに返してもらうべきなのか見極めるのは困難だった。だから、あなたをリディアの許に返すためにあらゆることをした。あなたが、ほかの誰でもなく私を愛していることに気づき、過去を悔い改めただなんて一度だって思ったことはない。あなたが私をいかにだましてきたか、日々考えていた。あなたは私に対して愛情なんてこれっぽっちも抱いていなかった。人は誰かに親しみや共感を抱いていれば、その人が死ぬほど苦しんでいるとき、手を差し伸べずにはいられないものだけれど、あなたはそれさえもしなかった。あなたは、私に対しては一度も抱いたことのない愛情をリディアに対して抱いているのだと、ことあるごとに示してきた。私だって、いったん夫が別の女に惚れたら、妻の許に戻ることがあったとしてもそれは愛のためではないことくらいわかっていた。だから私は思ったの。いつになったらあなたが尻尾を巻いて彼女のところに逃げ帰るのか、見届けてやろうじゃないのってね。ところが、私があなたを苦しめれば苦しめるほど、あなたは身を屈めて耐えた。まさに災難《ラベス》ね。あなたの言うとおりだわ。そんな駆け引きを何年も何十年も続けてきたものだから、いつしかそれがすっかり習い性になってしまった。災難のなかで生き、恥辱に喜びを見出す。それが私たち夫婦の絆だった。どうしてなの？　きっと子どもたちのためよね。でも、今朝はそれすら確信が持てない。あの子たちのことも、どうだっていいような気がしてきた。八十歳を目前にしたいま、私は自分の生涯で好きなものなんて一つもなかったって断言できる。あなたのことも好きじゃないし、子どもたちのことも好きじゃないし、私自身だって好きになれない。たぶん、だからこそ、あなたが家を出ていったとき、あれほど腹が立ったのね。先にあなたを見限ることのできなかった自分がたまらなく愚かに思えた。それで、あなたが家に戻ってくることを全身全霊で願いつづけた。ひと言、今度は私が出ていく番よってあなたに言ってやりたくてね。なのにこのとおり、私はまだここにいる。なにかを明確に説明しようとすると、どうしてもいろいろ端折って、単純になってしまうものよね。

妻の話は大まかにいうとこんな感じだった。むろん、これは私が自分の言葉でまとめたものだ。妻が考えをはっきりと口にするのは、私たちが和解してから初めてのことだったが、そこには感情がまったくこもっていなかった。私はときおり、やんわりと異議を唱えるために言葉を途中まで差し挟んでみたものの、妻は私の言葉が聞こえていないらしかった。あるいは聞きたくなかったのかもしれない。私は、まるで自分自身に言い聞かせるように話を続けたが、そのうちに自分の考えのなかに引きこもった。私の頭にあったのはただ一つの疑問だった。なぜ妻はこれほど冷酷な言葉を私に浴びせることにしたのだろうか。そうした言葉の多くが、私たちの老い先に深刻な影響をおよぼしかねないことになぜ気づかないのだろう。それに対し、私はこんな答えを導き出した。そう気を揉む必要はない。ヴァンダは私とは違う。私が幼い頃から抱えてきた恐怖心というものを、彼女は持っていない。だから度を越すことができるのだ。むしろ、年をとるごとにますます相手に無関心になり、度を越すことが増えるのだろう。そのうちに、つねにこんな冷酷な物言いをするようになるにちがいない。ならば、これ以上なにも言い返さないほうがいい。妻は家をめちゃめちゃに荒らされて疲れているんだ。これから待ち受けている膨大な作業を前に、滅入っているのだろう。いまの彼女は、些細なきっかけでもすべてを放り出して家を出ていきかねない。もしなにか口を挟むとしたら、片づけを手伝ってくれる人を呼ぶように提案するのがいいかもしれない。それぐらいは大した出費じゃないと説得するべきだ。君は骨がもろくなっていて重労働は禁物なのだからと。とにかく、なんでもないふりをして切り抜けるんだ。残された日々を、年月を、なんとしてでも護るべきだ。

5

果たしてどのくらいの時間、妻が喋っていたのかわからない。一分か二分、あるいは五分だったろうか。私がなにも反論しないので、やがて妻は時計を見ると、立ちあがった。

「ちょっと買い物に行ってきます。電話とインターフォンに注意して」

私は即座に返事をした。

「心配してないで行ってきてくれ。泥棒から接触があったら、ラベスを返してもらえるように僕が交渉するよ」

妻はなにも言わなかった。ところが、ショッピングカートを引き、出掛けるばかりの恰好でふたたび現われたとき、こうつぶやいた。

「猫はもう駄目よ」

おそらく、猫が戻ってくる望みはもうないと言いたかったのだろう。妻はリビングを通って玄関へ出ると、ドアを開けながら説明した。電話とインターフォンに注意するようにと言ったのは、泥棒から連絡があるかもしれないからではない。電気治療器が届いてから二週間になるので、今日じゅうにレンタル会社から誰かが引き取りに来るはずだ。

「またお金をだまし取られないようにね」妻はあてこすりを言うと、ドアを閉めて出ていった。

困ったことに、妻はもう身代金を要求されるという仮説を信じていないようだったが、ポラロイド写真がなくなったことを知っている私は、前にも増して信じていた。そして、いったい誰が電気治療器を引き取りに来るのだろうと考えていた。見知らぬ配達員だろうか、それともあの快活な瞳をした若い女だろうか。しだいに、ふたたびあの女が現われるにちがいないと思うようになった。そうこうするうちに時間が経過し、買い物から戻った妻がなにか料理を始めた。私は平静を装っていたものの、実のところひどく動揺していて、頭が痛かった。若い女が玄関口に立っているところを想像した。きっと彼女はこんなふうに言うのだろう。ラベスを預かっています。ポラロイド写真も持っています。ここに書いてある金額を支払ってください。それに対して私は訊き返す。払わなかったら？　払わなかったら……と、若い女は答えるかもしれない。いや、間違いなく答えるに決まっている。払わなかったら、猫を殺して、写真は然るべき人に渡します。ストラッキーノチーズを食べながら、私は胸のなかで心臓が肥大したように感じていた。

言いたいことを言っておそらく気が晴れたのだろう。昼食後、ヴァンダは普段どおりの彼女に戻っていた。手を休めることなく、手際よくキッチンを片づけたかと思うと、寝室、アンナの部屋、サンドロの部屋と次々に片づけていき、修理の必要なものを細かくリストアップしていった。ヴァンダが、いつも仕事を頼んでいる家具職人相手に電話で修理代の交渉をしている最中に、インターフォンが鳴った。私が応対をすると、女性の声で電気治療器を引き取りに来たと言った。果たして二週間前に届けに来たのとおなじ女なのだろうか。二言三言しか言葉を発しておらず、判断するのは難しかった。私はエントランスの扉を開けるボタンを押してから、急いで道路に面した窓のところへ行き、下をのぞいた。やはりあの女だった。扉が閉まらないように手で押さえているが、中へ入ってこようとはしない。泰山木《たいさんぼく》の枝に隠れて、後ろ姿の一部しか見えない男となにやら話している。私は息が苦しくなってきた。動揺するとすぐに息が苦しくなる。私のいる位置からでは、その男がフェイクレザーのジャケットの男と同一人物かどうかはわからない。それでも血が逆流し、頭がくらくらした。同一人物であることを祈るような、それでいて恐れるような気分だった。二人はなにを議論しているのだろうか。どんな策略を練っているのだろうか。女が一人で上にあがり、男は下で待つつもりなのか。いいや、話し合いがまとまったようだ。二人そろってあがってくるらしい。物語というのはどれも袋小路で、必ずこのような瞬間が訪れる。だったらどうすればいい？　もとに戻ってやり直す？　すでに十分年を重ねている私たちは、どんな物語だろうが遅かれ早かれ最後の言葉に行き着くことを知っているというのに？　みんなが待つ食卓に、父がようやく姿を現わそうとしているときに感じていたのとおなじ恐怖を、私ははっきりと知覚していた。ほかの家族はしばらく前から勢ぞろいしているのに、父の足音は意に介していないらしい。父の機嫌は？　いい？　それとも悪い？　なにを言い出し、なにをやらかすのだろうか……。妻はそのあいだに電話を終えたものの、インターフォンの音は耳に入っていなかったらしく、寝室から大声でわめいた。

「あなた、お願いだからちょっとこっちへ来てくれない？　洋服簞笥を動かすから、手伝ってほしいの」

第三の書

第一章

I

母はカフェの数メートル手前まで私たちを送り届けた。あれは私が何歳のときだったろう。九歳？　兄のサンドロは、たしかその数か月前に十三歳の誕生日を迎えていた。母と私とでケーキを用意したところ、火のついた蠟燭の前で、これをひと吹きで全部消せれば願いごとが叶うんだと兄が言った。どんな願いごと？と母が尋ねると、パパに会うこと、と兄は答えた。だから、私たちがカフェの前に連れていかれることになったのは兄のせいだった。私は怖かった。パパのことなんてなにも知らない。前は好きだったけど、もうずいぶん前から嫌いだ。パパに会わなくちゃと思ったとたん、お腹が痛くなる。トイレに行きたいなんて、恥ずかしくてパパに言えるわけがない。だから私は、すべて自分で決める兄に対しても、結局はいつも兄の言うなりになる母に対しても、腹が立って仕方なかった。

2

私が憶えているのはそれだけ。それ以上の記憶はない。でも、正直なところどうでもいい。サンドロに電話をするための口実にすぎないのだから。番号を押す。ひとしきり携帯の呼び出し音がしていたけれども、留守番電話になる。二分おいて、またかけてみる。五回目にかけなおしたところで、ようやく兄の不機嫌な声がした。なんの用だ。私はなんの前置きもせずに尋ねる。カルロ三世広場のカフェへお父さんに会いに行ったときのことを憶えてる？　あえて子どものように甘えた猫なで声で、笑いながら言う。まるで兄とのあいだになにごともなかったかのように。なにがなんでもジャンナ伯母さんの遺産を横取りしようとしたことなどないかのように。一チェンテジモも渡す気がないのなら、兄さんなんて死んだも同然よ。死んで埋葬されたんだと思うことにする。もう二度と会いたくない！　そんなふうに怒鳴ったことなどないかのように。

兄は口をつぐむ。きっと、こんなふうに考えているのだろう。四十五にもなって、十五の娘のようにくだらないことを言ってやがる。兄の思考が句読点までひとつ残らず聞こえ、とことん嫌われていることが伝わってくる。でも、それもどうでもよかった。父と母のこと、私たちが幼かった頃のこと、何十年も前に父と会ったときのこと、そして記憶の空白をとつぜん埋めたくなったことなどをのべつ幕なしに喋りたてる。兄は私の話を途中でさえぎろうとしたけれど、無駄だ。私の話に割り込むことは誰にもできない。私は唐突に言う。

「会わない？」

「忙しい」

「お願いだから」

「断る」

「今日の夜は？」

「今晩、おまえは用事があるはずだぞ」

「どんな？」

「猫に餌をやりにいく当番だろう」

「行かない。実は一度も行ってないの」

「冗談はよせ」

「本当だもの」

「お袋と約束したんじゃないのか」

「約束はしたけど、独りであの家になんて、いられない」

しばらくこんな押し問答を続けた挙句、兄はようやく私が真面目に話しているのだと納得する。両親の一週間の海でのヴァカンスは終わりかけているというのに、私は一度も猫の世話にる。

行っていなかった。だからか、と兄。それで、俺が行くたびに家がおしっこ臭いし、水の器はほとんど空だし、餌の皿にはかりかりがひと粒も残っていないし、ラベスはひどく気が立っていたのか。兄は怒り出す。おまえはどこまで自分勝手で、愛情の欠片もなく、無責任なんだ。そう言われても私はまったく意に介さず、相変わらずの猫なで声やつくり笑いを続け、怖がってみせたり、自分を皮肉ってみせたりするだけだ。ほどなく兄は、落ち着きを取り戻す。わかった。長男という立場を利用して私をやり込めたいときに用いる声音で言う。おまえは新しく口説いた男とクレタ島へでもどこへでも行くがいい。ラベスの世話は今晩も俺がする。だから金輪際、連絡はよこすな。

しばらくの沈黙のあと、私は口調を変える。どのタイミングで、子ども染みた声から、母にそっくりな哀れみをそそる声色に変えればいいのか、つねに心得ている。声を詰まらせながら言ってみる。新しい彼氏とクレタ島に行くというのは、お父さんとお母さんに余計な心配をさせないための出任せなの。本当は、今年の夏はヴァカンスどころじゃなくてね。お財布もすっからかんだし、なにもかもうんざり。

思ったとおりだ。私は兄がどんな人間かよくわかっている。もう逃がさない。兄は言った。わかった、だったらラベスのところへ一緒に行こう。

3

両親のマンションの入り口で兄と落ち合う。私はマッツィーニ広場の一帯が大嫌いだ。マンションのある通りにも、スモッグと川の悪臭が漂っている。ラベスが声をかぎりに鳴いているのが、階段から聞こえてくる。兄と二人で上階まであがる。部屋に入りながら私は言った。ひどい臭いね。真っ先にバルコニーのフランス窓や出窓を開けてまわる。それから猫を相手に話しはじめる。そんな情けない姿をさらすのはやめなさい。すると猫は少し落ち着き、私の足もとに走り寄り、くるぶしに身体をなすりつける。そのくせ、サンドロが餌を出す音を聞いたとたん、私をおいて、走っていってしまうのだ。私一人がリビングに残される。

この家にいると気分が滅入る。十六歳から三十四歳までを私はこの家で過ごした。まるで父と母が、二人のがらくたと一緒に、それまでに住んだことのある場所の欠点をすべて持ち込んだかのような家。

サンドロがリビングに戻ってくる。キッチンからは、ラベスが餌をかじる音がする。兄は苛ついている。役目を果たしたいま、一刻も早く帰りたいらしい。そんな兄を尻目に、私はソファーに腰をおろし、子どもの頃の話の続きをはじめる。私たち家族を捨てた父と、失意のどん底に陥った母、父と再会したときのこと……。兄は、急いでいることを見せつけたいのか、立ったままだ。一般論をぼそぼそとつぶやき、優しい息子を演じる義務があると思っているらしく、親に対する感謝の念を口にし、私が皮肉めいた口ぶりで当時の出来事を語ると、露骨に不機嫌になる。

「なにバカなことを言ってるんだ」兄は声を荒らげる。「あのとき面会したいと言ってきたのは親父のほうだ。俺はなにも関係ない。それに、場所はカフェでもなければ、カルロ三世広場でもなかったよ。お袋に連れられて行ったのはダンテ広場で、親父は記念像の下で待ってたじゃないか」

「私の記憶では、カルロ三世広場のカフェだったんだけど。前にお父さんも、カフェで会ったって言ってたし」

「俺の言うことが信じられないなら、話すだけ無駄だよ。親父は、俺たちをダンテ広場のレストランに連れていった」

「それからどうしたの?」

「とくになにも。親父がひとりで喋ってた」

「どんな話をしたの?」

「テレビ局で仕事をしていて、有名な俳優や歌手にいつも会っていて、お袋と別れて正解だった。要点をかいつまんで言うと、そんな話だ」

私は噴き出す。

「まあ確かにそうよね。私も正解だったと思う」

「いまだからそんなふうに言うけれど、当時のおまえは、夜は寝ないわ、食ったものをぜんぶ吐くわ、とにかく大変だったんだぞ。お袋と俺の生活をややこしくしたのは、親父よりもむしろ、おまえのほうだった」

「嘘つき。私はお父さんのことなんてどうでもよかった」

兄は頭を振る。ようやく話に乗ってきたらしく、ソファーに腰をかける。

「おまえがひもの話をしたことは、さすがに憶えてるだろ？」

ひも？　兄は普段からそういうところがある。なにか些細なことをとりあげては、それをふくらませるのが好きなのだ。話術が巧みなため、女性にもてる。最初のうちは散々楽しませ、いつの間にか甘ったるい恋愛劇へと発展させる。私に言わせれば、兄は地質学の研究なんかせずに、父の後を追ってテレビ業界で働くべきだったんだ。番組の司会者かなにかになって、テレビ画面を通じてお茶の間の奥様方や若い女の子たちに話しかけるほうが性に合っている。私は、兄が話そうとしていることに関心があるふりをしながら、観察した。確かに美形だし、いかにも紳士然とした物腰で、礼儀正しい。おまけに身体も引き締まっていて、羨ましいことに、顔だって十代の若者のようにすべすべだ。五十も間近だというのに、三十そこそこにしか見えない。そんな調子で、三人の「妻」の相手をし（正式に結婚したのは一度きりだけれど）、四人の子どもがいる。このご時世では記録的な子だくさんだ。最初の、正式な奥さんとのあいだに二人、そして二人の女性とのあいだに、それぞれ一人ずつ。そのうえ、あらゆる年代のガールフレンドがいて、取っかえ引っかえ会っている。包み込むように話を聞いてやるだけでなく、求められればセックスのお相手もする。とにかく女性の扱いがうまいのだ。お金はなく、ジャンナ伯母さんの遺産も、女や子どもたちに配って、たちまち使い果たしてしまった。新しく仕事を見つけてもすぐにまたクビになるくせに、私と違って、さほど生活に困っているふうでもない。というのも、兄の子どもたちの母親がみんなそれなりに裕福で、別の男と付き合うようになってからでも、愛情あふれる、最高の父親として兄のことを大切にし、困ったときの資金源になっているからだ。子どもたちと一緒にいるときの兄を見れば、納得できなくもない。どの子も兄のことを心の底から慕っている。もちろん、ときには面倒な状況に陥ることもある。いくら兄でも、網の目のように入り組んだ愛情すべてに目を配るのは容易ではないのだろう。女たちのあいだで、兄を独占するために熾烈な戦いが繰りひろげられる。それでも、これまでのところはいつだって切り抜けてきた。私にはその理由がわかる。兄は偽りの人間だからだ。自分に対してさえも自己を偽ってきた。複数の女性に気遣いと慰めをうまく分け与えることができるのは——ときに道徳論を打《ぶ》つこともあるけれど、兄の口から出ると、まさに偽善そのものだ——、豊かな感情を表現することには長《た》けていても、その実なにも感じていないからだ。

「ひもってどういうこと?」

「靴ひもだよ。三人で食事をしているとき、おまえが親父に訊いたんだ。俺の靴ひもの結び方は、親父の真似なのかってね」

「兄さんって、どんな結び方をするの?」

「親父とおなじだよ」

「お父さんはどんなふうに結ぶの？」

「ほかの誰もしないような結び方さ」

「それでお父さんは、兄さんもおなじ結び方をするって知ってたの？」

「いいや、おまえに言われて初めて気づいたみたいだった」

そんなことすっかり忘れていた。私は重ねて尋ねる。

「それで、お父さんはどうしたの？」

「感激してた」

「どんなふうに？」

「泣き出したんだ」

「信じられない。あの人が泣いたところなんて、私、見たことない」

「嘘じゃないさ」

ラベスが用心しながら近づいてくる。私のところに来るのか、兄のほうへ行くのか、さてどっちだろうと心のなかで考える。私のところに来てほしいとは思ったが、それはただ、そのあと追い払いたいからだ。ラベスはぴょんと跳びあがり、兄の膝に乗る。私はいくらか恨みがましく言う。

「お父さんに会いたがったのは、間違いなく兄さんだった」

「まあ好きにしてくれ」

「それはともかく、どうしてお母さんは同意したの？　あの頃にはもう精神的にも落ち着いてたし、お父さんのいない生活にも慣れてたし、会わせないって言えばよかったのに。なんで、またなにもかも引っくり返すような真似をしたのかなあ」

「その話はよそう」

「やだ、知りたい。どうして？」

「俺が会うべきだって言ったからだ」

「ほうら、やっぱり兄さんが決めたんじゃない」

「おまえが悲しそうだったからだよ」

「ずいぶん妹思いだこと」

「俺もまだ子どもだったからな。おまえの状態を目の当たりにしたら、親父は、やっぱりおまえには父親が必要だと思い知って、戻ってくるかもしれない。子どもなりにそう考えたんだよ」

「つまり兄さんは、お父さんが私のために後戻りしたと言うわけ？」

「それは幻想だな」

「だったらなんで？」

「本当になにも憶えてないのか？」

「憶えてない」

「じゃあ、もう一つ話してやる。親父に会うことになってた日の朝、お袋がおまえに言ったんだ。お兄ちゃんの靴ひもの結び方って、ほんとおかしいと思わない？　お父さんのせいなのよ。なにひとつ碌なことをしないんだから。お父さんに会ったら、そう言ってちょうだい」

「それで？」

「靴ひもの結び方ひとつで、俺たちの人生が変わったってわけさ。親父を戻る気にさせたのは、母さんでも、俺でも、おまえでもある。俺たちは三人とも、親父が家に帰ってくることを望んだんだ。わかったか？」

4

サンドロはそういう人だ。どんなことだろうと甘ったるく解釈し、みんなの心を穏やかにする。いまだってそうだ。なんとも言えない手つきでラベスを可愛がる。撫でまわし、両手でもみくちゃにし、猫を恍惚状態にしてしまう。相手が動物でも人でもおなじこと。母からは依怙《えこ》贔屓《ひいき》されているし、父は兄とだけ真剣な話をする。そうやって兄がすべてを独占し――愛情も、敬意も、お金も――、私にまわってくるのはわずかな残り物だけ。本当に、どこまで偽善的な人なんだろう。靴ひもの話だって、兄に語らせると、とたんに偽善に満ちたものになる。悲しんでいる私を見かねて、兄が母を説得し、父と会わせることにしたなんて。そして私たち兄妹に会った父が感激し、その場で家に帰る決意を固めたなんて。しかもそれには母がひと役買っていた？　私たち「素敵な家族」はそうやって再生したというのか。いったい私を誰だと思っているんだろう。兄の取り巻き女性の一人だとでも？　私は兄に言ってやった。

「あの二人にとってなにか意味を持つひもがあるとしたら、お互いを縛りつけて、生涯苦しめつづけてきたひもだけよ」

私は立ちあがり、兄の膝からラベスを奪いとると、撫でながらバルコニーへ連れて出る。はじめのうち猫は逃げ出そうともがいていたが、やがてあきらめたらしい。私はバルコニーから、兄に言う。うちの両親は私たちに、教訓たっぷりの四つの場面を提供してくれた。第一場。若くて幸せなパパとママ、そしてエデンの園で楽しく過ごす子どもたち。第二場。愛人をつくって行方をくらませるパパと、頭がおかしくなるママ、そしてエデンの園から追われる子どもたち。第三場。パパは考えなおして家に帰り、子どもたちは地上の楽園に戻ろうとするが、そんなことはしょせん無駄な努力だとパパとママが日々の行動で示す。第四場。子どもたちはエデンの園などそもそも存在したことがなく、地獄で満足するしかないと悟る。

兄が不服そうに顔をゆがめる。

「おまえはお袋以下だな」

「兄さん、いつからお母さんのことが嫌いになったの？」

「おまえのことが嫌いなんだよ。おまえはお袋の欠点を譲り受けて、さらにひどくした」

「どんな欠点？」

「全部だ」

「例えば？」

「第一、第二、第三、第四って、なんでも列挙したがる癖。お袋もおまえも柵を作り、なかに人を閉じ込めて嬉々とする」

　これまで一緒に耐えてきたことを図式的にまとめてみただけじゃない、と私は冷ややかに言った。なのに兄さんは、ここぞとばかり私を貶めるんだから。なんの理由もないのにね。私がお母さん以下だとしたら、兄さんはお父さん以下よ。人の話なんてちっとも聞こうとしない。というより、兄さんは二人の悪いところを受け継いだんだわ。人の話を聞かないだけじゃなくて、お母さんとおなじように、ものすごく些細な事柄に固執して、くだらない山を築きあげる。

　すると兄は、唇をぎゅっと噛み、首を横に振りながら私を見据え、それから時計に目をやる。きっと、少し言い過ぎたかもしれないと反省しつつ、こいつが相手ではどうしようもない、どうせ喧嘩しか能のない女なんだから、仲直りなんて不可能だとでも考えているのだろう。私はリビングに戻り、兄が帰ろうと立ちあがるより早く、ソファーに腰をおろす。ラベスがまた暴れ出したので、落ち着かせるために頭にキスをする。そろそろ、電話を掛けた本当の理由を兄に打ち明けるべき時だ。こんなふうにつぶやいてみる。だけど、どうしようもないわよね。DNAから逃れることなんてできやしない。私が悪いんでも兄さんが悪いんでもない。全部、親からの遺伝なんだもの。頭の掻き方までね。そして、なにか気の利いた冗談でも言ったかのように笑ってみせた。笑いながら私は唐突に、このあいだ思いついたんだけど、と切り出す。

お母さんとお父さんに、この家を売ろうって提案してみない？　少なくとも百五十万ユーロにはなるはずよ。それを私と兄さんできっかり半分ずつに分けるの。そうすると、一人当たり七十五万ユーロになる。

5

サンドロはがぜん興味を示し、私のことをまじまじと見る。私も兄も、お金に対する執着を母から受け継いでいるのだ。それだけは議論の余地がない。父は現役時代、ずいぶんお金を稼いできたけれど、野心に捉われるあまり、いくら稼いでいるのかにさえ無頓着だった。父にとって大事なのは仕事の中身や大勢の人からの称讃であり、それを失う不安につねに苛まれていた。その傍らで、金銭的なことはもっぱら母が一人で管理してきた。節約に励み、貯め込んだのが母なら、このマンションを欲しがったのも母だ。母は小銭の一枚いちまいが貴重なのだと幼い頃から私たちに教え込んだ。子どもに捧げる愛情が、金銭という形に表われたと言ってもいいかもしれない。現に、母は自分のために貯金していたのではなく、ましてや父のためでもなく、私たち兄妹が現在という時間をなに不自由なく過ごせ、未来も不安なく送れるようにするためだった。郵便局の通帳も、銀行口座も、このマンションも、私たちに対する母なりの愛情表現なのだ。私は長いことそう信じてきたし、兄もきっとそうだろう。母が毎日のように私たちに示してきた愛の証しとは、自分のためにはお金を使わず、すべて私たちのために貯めておくというものだった。そのせいで私は、お金が足りないのは誰からも愛されていない証拠だと思うようになってしまった。だから、ジャンナ伯母さんが財産のほぼすべてをサンドロに遺して亡くなったとき、激しい憤りを覚えたのだ。そのことで私が精神に異常を来し、薬漬けにされたとき、医者は少なくともそう説明していた。けれど、頭のなかを整理するのは難しすぎる。決まってなにかしら筋の通らないことがあるものだ。お金がない＝誰からも愛されていないという関係式が確かに成り立つとして、だったらどうして私は、いくらかでもお金が入ると、すぐに浪費してしまうのか。私に愛情を抱いてくれる人が現われるたびに、なぜ逃してしまうのか。それに、サンドロだって結局はおなじことではないか。裕福な女たちも、ひどく甘やかされた子どもたちも、決して埋めることのできない欠落があることの証しだと思う。母にとって、おそらく唯一の悦びはお金を貯めることだったのに対し、私たち兄妹は、お金を使うときにだけ快楽を覚える。その点においては私も兄もまったく一緒だ。おまけに、ここのところ金銭的な余裕がなくなり、年を取っていくばかりだ。私はめっきり肥ってしまったし、皺も白髪も増えた。それに比べて、いつまでも若者のような美しさを保ったサンドロが憎くてたまらない。長い睫毛、緑の瞳、もう五十になるというのに髪はふさふさで、染めるまでもなく黒々としている。運動もしないくせにアスリートのような体軀だ。兄はようやく私の話に耳を傾ける。私の話を兄がゆっくりと咀嚼《そしゃく》できるよう、少しまわり道をし、こんなことを言ってみる。お父さんとお母さんは恵まれた時代に生まれたの。困窮を経験したあと、しだいに豊かになっていった。お父さんなんて賞まで手にしたのよ。二人とも年金をたっぷりもらってるんだから、これ以上なにを望むというの？　兄さんもそう思うでしょ？

そう問いかけると兄は、まるで私に誘導されて完成しつつあった図式を打ち消すかのように瞬きをして、私に訊き返す。

「親父とお袋がこのマンションを売ったとしても、その金を俺たちに渡す義務はないんじゃないのか？」

「この家は私たちのものよ」

「いや、親のものだよ」

「もちろんいまはそうだけど、いつか私たちが相続する」

「だから？」

「だから、相続の時期を早めてもらうようにお願いするのよ」

「それで、二人はどこで暮らすんだ？」

「部屋が二つにキッチンだけの、もっと小さなマンションを郊外のどこかに借りて、家賃は私たちが払えばいい」

「とても正気とは思えない」

「どうして？　マリザって憶えてる？」

「誰だっけ？」

「ナポリの私の友達よ」

「その子がなにか？」

「親におなじような提案をしたら、同意してもらえたらしいの」

「お袋が同意するわけないだろう。ここはお袋の家なんだ。隅々までこだわって手入れしている。親父にしたって、自分の仕事がなんらかの形で残っているという証拠なんだ」

「でも、あの人たちの人生はもう過去のものよ」

「そうとも言えない。この先、まだ二十年ぐらいあるかもしれないぞ」

「だからこそよ。二十年したら、私は六十五歳で兄さんは七十歳。まだ生きてるとしてだけど。六十五になってからこの家の半分を相続したって、意味がないでしょ？　考えてもみてよ。いつも私にばかり人でなしの娘の役を押しつけるのはやめて。お父さんもお母さんももう年なんだから、なにもテヴェレ川沿いのお城に住む必要はないと思わない？」

兄は分別臭い顔で私を見ると、納得しかねるというように首を横に振る。私に、間違っていると思わせたいのだ。子どもの頃から兄はそうだった。当然ながらお金には魅力を感じている。顔にそう書いてある。なのに、心のなかで葛藤している。兄の考えていることは手に取るようにわかる。兄にとっての理想は、なにもかも私一人に進めさせることだ。私が話を持ちかけて、両親を説得し、家を売却し、私と兄で分ける。もちろん額は二人で均等に。あわよくばそのあいだ、妹の傍若無人な振る舞いに戸惑い、倫理的な面から反対の意を唱え、父と母のことを気遣う長男の役割を演じたいと思っているのだ。私は、兄の同意が欲しいなら、正面からぶつかるのではなく、くだくだしい説教をおとなしく聞くべきだとわかっている。でも、もう一人の私がいらだちを抑えきれない。私だって石ではない。望むと望まざるとにかかわらず、後ろめたさぐらいある。だから、もし兄がつついてきたら、どうなるかわからない。なのに、兄はつつくどころか、私を傷つけた。

「もし三十年後、子どもにおなじことをされたら、おまえはどんな気持ちがする?」

6

私はカッとなった。私が親から学んだことは一つだけ。子どもなんて絶対に産むべきではないということ。それから平静を装い、喉で声を押しつぶすようにして続ける。どうせ子どもを苦しめることしかできなくて、それが倍になって返ってくるだけなんだから。兄がこの手の過激な発言を嫌うことはわかっていて、あえて言ったのだ。無責任にもこの世に四人もの子どもを儲けた兄が、どんなふうに切り返すか見てやろうという気持ちで。

兄からは、いつもどおりの自画自賛が返ってきた。当然ながら兄は、自分の選んだ道こそが正しいと確信している。母親が何人かいれば、父であることの喜びも増え、愛情やセックスの単位も増える。そして役割をごちゃまぜにするのだ。伝統的な夫婦の概念はおしまい。一夫一婦制も意味がなく、何人もの女性をいっぺんに愛し、何人もの子どもをいっぺんに可愛がる。兄は、甘っちょろい自尊心たっぷりの口調で言う。俺は子どもと一緒にいるとき、不自由な思いをさせないように気を配ってるつもりだ。俺は子どもたちにとって、父親でもあり、母親でもある。

私は反論したくなる気持ちを抑え、常識に捉われないものの見方を得意げに披露する時間を兄に与える。ところが、口論にひきずり込まれないよう努力をしている私を尻目に、兄ときたら、わざと気分を害すようなことを言ってくるのだ。結局、私は堪えきれずにまくしたてる。兄さんはいまだに、私たちが育ってきた混乱から本当の意味で脱け出せてないのよ。お母さんが私たちに伝えつづけてきた苦悩を、自分の子どもたちに撒き散らしてる。男が女になり、女が男になり、父親と母親が入れ替わり、家庭内でコスプレして、言葉でごまかすなんて。兄さんは、いまだに恐怖に怯えた子どものままなのね。そんなふうに言い募れば言い募るほど、普段はどこかで鳴りを潜めている憤怒が、私の胸のなかでむくむくとふくらんでくる。とうとう私は、兄に吐き捨てるように言う。私は子どもなんていなくなればいいと思うし、妊娠や出産もすべてなくなればいいと思ってる。消、え、て、な、く、な、れ。女性のお腹を使って繁殖するなんていう事実は、人類の記憶ごとそっくり消し去ってしまいたい。生殖器なんて、排尿とセックスのためだけに使えばいいのよ。私は兄に向かってわめきつづける。それどころか、セックスだって価値があるかわからない。気づくと大喧嘩になっていた。ラベスは怖がってどこかへ出ていく。売り言葉に買い言葉、相手が言いおわらないうちから言葉をかぶせる。兄は自分の立場を擁護するために、いくつもの常套句を次から次へと繰り出す。夜、愛する相手と抱き合っていると不安が和らぐんだ。指にはめた結婚指輪よりも愛のほうがはるかに素敵じゃないか。絶え間ない死の危険を払いのけるための祈りのようなものだ。子どもは生の苦悩を鎮めてくれる。子孫は甘美な喜びをもたらしてくれるし、成長していく様子を見るのは心が躍る。自分が永遠に連なる鎖の環であることを気づかせてくれる。先祖からつながり、これから生まれ出る子孫へと環をつないでいく。それが、唯一の不死の可能性なんだ、云々。

　私は黙って聞いている。妹思いのお説教のようでいて、その実、目的は私を打ちのめすことにある。子どもたちから喜びを得ている兄が羨ましいと言わせたいのだ。子どもを持つことをあきらめた人生を私が悔やみ、苦しむ姿を見たいのだろう。案の定、兄は語気を強める。子どもがいないおまえにはわからない。だから口から出任せを言うんだ。私は完全に冷静さを失って言い返す。そりゃあそうよ。しょせん私にはわかりっこない。手当りしだいに種を撒き散らかす兄さんの気持ちなんか、わかりたくもない。生物学的時計《バイオロジカル・クロック》の鳴る音に耳を澄ませて分泌液を垂れ流し、身体を震わせる雌馬たちの気持ちもさっぱりわからないわよ。バイオロジカル・クロックだなんて、呆れて物も言えない。私にはそんな時計の鳴る音なんて聞こえなかった。私の時間は音も立てずに過ぎていった。それでよかったの。だって痛くて叫びながら出産するなんて、考えられない。麻酔されてお腹を切られて、目を覚ましたら鬱状態で最悪の私がいて、一生逃れられない赤ん坊に対する恐怖に打ちのめされているなんて、絶対に無理。子どもが生き甲斐？　コピペ並みの手軽さでつくった子どもたちを、なにが起ころうと一生育てていくの？　外国でいい条件の仕事のオファーがあったとしても、大事な結果を出したくて昼夜を問わず仕事をしなければならなくても、男のためにすべての時間を費やしたくても、子どもはいつもそこにいて、そんなことはさせないぞって主張してくる。四六時中、母親を必要としていて、気が立った小さな蛇みたいに容赦なく足にまとわりつくの。子どもたちを満足させるために精一杯のことをしても、いつもなにかが足りない。親を独り占めしないと気が済まなくて、なにか急ぎの用があると、決まって足もとに棒を差し出して転ばせようとする。ひとたび親になったら、私は私のものだと主張できないだけじゃなくて、完全にほかの人のものになることさえできなくなる。ひたすら子どもたちのために生きるの。私の声はさらに悲痛になる。要するに、子どもを持つということは自己を放棄することよ。兄さんこそ、自分が実質的にどんな生活をしているのか考えたらどうなの？　いまから子どもたちをコリンヌの許に送り届けるためにプロヴァンスへ行き、戻ったと思ったらカルラとの娘に会いに行き、次はジーナとの息子のところへ行く。まったくいい父親よね。しかも最高の愛人よ。だけど、兄さんはそれで満足？　子どもたちは、兄さんが行くといつも喜んで迎えてくれ、帰るときは喜んで送り出してくれるの？　私には、お父さんが週末だけ会いに来てた頃のおぼろげな記憶がある。なにをしてたのか細かいことは憶えてないけど、とにかく惨めで耐えられなかった。それだけは間違いないし、あのときの感覚はいまだに消えない。私は父親を独り占めしたかったの。お母さんからも兄さんからも取りあげてね。でも、あの人は私たちの誰のものでもなくて、たとえうちにいたとしても、いないも同然。私のことも、兄さんのことも、お母さんのことも、顧みなかった。あの人にとっては、それが正しい選択だったんだって、やがて私は理解した。少しずつね。あの人にしてみれば、お母さんは生きる喜びを否定する存在でしかなかったんだもの。私たち兄妹もね。それは間違ってなかった。私たちはほかでもなく、否定だったのよ。喜びを打ち消す存在。あの人の本当の過ちは、最後の最後まで私たちを拒みつづけられなかったこと。伴侶を深く傷つけ、死にたいと思うまでに追い詰め、一生消えない傷を負わせておいて、後戻りなんてすべきじゃない。犯した罪の責任をとことん負うべきだった。犯罪行為の途中で手を引くべきじゃなかったのよ。でも、あの人は途中で引き返した。きっと心が麻痺してるのね。周囲の理解もあり、自分は間違っていないと思えているうちはよかった。けれど、状況が落ち着いて周囲からの共感も少なくなり、熱狂が冷めて後悔を感じはじめたとたん、あっけなく屈してしまった。そして家に戻って、お母さんのサディズムに身を任せるようになった。お母さんはきっとこんなふうに言ったのね。あなたがどんなつもりでいるのか見せてもらおうじゃないの。あなたのことなんて信用できない。死ぬまで信用するものですか。あなたが私や子どもたちのために帰ってきたなんて思えない。私の肉が、あるいは頭のもっとも秘められた部分が、あなたにとって最終的な決断を下すことがいかに難しいか、嫌というほど思い知らされているのだもの。だから一分ごとに、一時間ごとに、あなたのことを試してやる。どれほどの忍耐力があり、確固たる信念があるのか、子どもたちの見ている前で試してやる。あなたがどんな人間なのか、自分たちの目でしっかり見極めさせるために。イエスかノーかで答えてちょうだい。私があなたたちのために人生を捧げているように、あなたも私たちのために人生を捧げる覚悟があるの？　どんなときでも私たち三人を一番に考えると約束できる？　ねえ、兄さん、そんなの愛なんかじゃないと思わない？　一から家庭を築きなおす気なんて、そもそもあの人たちにはなかったのよ。私も兄さんも、親に人生を台無しにされた。私たちの頭のなかはあの二人に占拠されていて、私たちのすることなすこと、いまだに二人の影響から抜けられていないの。

私はここまで話すと、情けないことに泣き出さずにはいられない。わけもわからず、どこにでもいるバカな女みたいに泣いていた。そんな自分の脆さに腹を立てながら。私の弱みにつけこむ術を熟知しているはずの兄が、そうはしなかった。私の独白に戸惑ったらしく、なだめようとする。私はむせび泣きを押し殺して涙をぬぐい、わざと消え入りそうな声で言う。お母さんも、お父さんも、誰も私のことを愛してくれないから、こうして嘆くしかないの。二人とも私を愛してくれたことなんてなかった。子どもは、命を授けてくれた親に感謝すべきだなんて言うけれど、なにが感謝よ。私は高笑いし、怒鳴る。親にはむしろ損害賠償を請求したいくらいだわ。私たちの脳と感情に傷を負わせたことを償ってほしいの。そうでしょ？　私は洟をかむと、片手でソファーを軽く叩きながらささやいた。ラベス、ほら、こっちにおいで。

驚いたことに、ラベスはすっと飛び乗ると、私の隣でおとなしく丸くなる。

7

もう疲れた。泣いたことによって頭痛が呼び覚まされた。私の頭痛持ちは父親譲りだ。それでも、涙には好ましい効果もあったらしく、兄との距離が縮まった。もう少し縮めていけば、きっと向こうから私の提案についてなにか言ってくるにちがいない。そこで私はラベスを撫でながら、以前アルバイトでラテン語の辞書をめくっていたとき、たまたま発見した秘密を打ち明けることにする。「ラベス」という名前には、実は「災難」や「破滅」といった意味があるの。訝るように私を見る兄。「ラベス」は「うちの獣《ラ・ベスティア》」の略だとする、父の命名理由を信じているらしい。兄が納得しないので、私は、すぐ後ろからついてくるラベスと一緒に書斎に向かい、本棚からラテン語の辞書を抜く。それにしてもなんという暑さなんだろう。リビングに戻ると私は床にしゃがみ込む。「ラベス」という見出し語を見つけて下線を引き、ついでに意味にも線を引いてから、兄に示した。父のさもしい思いつきに対する兄の意見を聞いてみたい。気乗りのしない様子で兄がやってきて、つぶやく。それにしても、どうしてそんな名前にしたんだろう。どこか上の空で、それ以上なにも言おうとしない。そこで私が畳みかける。一人でこっそり楽しむために、こんな悪ふざけを思いつくなんて、いったいどういう人間なわけ?

性根の腐った人？　それともただただ不幸な人？　家のなかで、自分の心の内を端的に言い表わす単語がひっきりなしに発音されるのを聞いて喜んでるなんて、どういう料簡なのよ。猫にこっそりそんな名前をつけて、ほかの家族はみんな、本当の意味を知らずに使っているのよ。兄は、私の意見に賛同したのか、冷笑を浮かべて、こちらの思惑どおりマンションを売る件について話しはじめた。

「これだけの量の物をどこへ置くんだ？」

「四分の三は捨てられる。何度も引っ越ししたのに、お母さんはなにも捨てたがらなかっただけじゃなく、私や兄さんにまで、どんながらくたでもとっておくことを強要した。いつかなにかの役に立つかもしれないし、少なくとも小さかった頃のことを思い出せるからって。思い出す？　なにも思い出したくなんかないわよ。自分の部屋だって大嫌い。一歩足を踏み入れるだけで気分が滅入る。生まれた日からようやくこの家を脱け出した日までの、ありとあらゆるゴミが詰まってるんだもの」

「俺の部屋だっておなじことだ」

「そうでしょ？　私たちの部屋でさえそうなんだから、お父さんとお母さんの持ち物を分別したらどうなると思う？　一つ例を挙げるとね、お母さんったら、一九六二年に結婚した日からいままでの買い物を一つ残らず書きとめた家計簿を、後生大事に全部とってあるのよ。パン、パスタ、卵、果物ってね。お父さんだっておなじ。十三歳のときに書いたしょうもない文章まで保存している。自分で書いた記事が掲載された新聞や雑誌はもちろん、読んだ本の感想や見た夢のメモ……挙げていったら切りがないんだから。まったく、ダンテ・アリギエーリじゃあるまいし。テレビ番組のくだらない脚本を書いただけのくせに。たとえお父さんの書いたことに興味がある人がいたとして――いないと思うけど――、文書をデジタル化すればそれで済むことじゃないの」

「それが二人なりの足跡を残す方法なんだよ」

「なんの足跡？」

「二人が存在していたという足跡」

「私や兄さんにまで足跡を残させるの？　なんでもかんでもとっておきたがるのはお母さんの性分で、お父さんには興味がないはずよ」

「そうかな？」

兄の顔に曖昧な笑みが浮かぶ。その目は、偽りとは思えない悲しさを宿している。

「そうよ。この家を売るように説得できたら、あの人たちの人生の大掃除もできて、両方のためになると思うんだけど」

「そうは思わない」

「どうして？」

「この家には、表面的な秩序と、実質的な無秩序があるんだ」

「もっとわかるように説明して」

「いや、説明するより、見せたほうが早い」

兄はそう言うと立ちあがり、ついてくるように合図をする。ラベスも小走りで後をついてくる。父の書斎に入ると、兄は書棚を指差した。

「あのいちばん上にあるキューブの中身を見たことがあるか？」

8

私はおもしろがるふりをしていたけれど、本当は、泣いたくらいで心が解放されるわけもなく、不安で居ても立ってもいられない。兄がいきなり仮面を脱ぎ、これまで胸に秘めてきた苦悩を見せる決意をしたのなら、それなりの心の準備が必要だ。兄は身軽に脚立をのぼり、埃まみれの青いキューブを持っておりてくる。シャツの袖で埃をぬぐうと、私のほうへ差し出した。

「憶えてるか？」

いいや、記憶にない。気に留めたことなど一度もない。私はこの家にある物には一切関心を持ったことがなかった。無数にある悪趣味なインテリアも大嫌いだし、部屋も窓もバルコニーも気に食わない。窓から見える川面のきらめきも、低すぎる空も好きになれない。ところが、兄のサンドロは小さい頃からそのキューブのことが気になっていたらしく、ナポリに住んでいた当時から家にあったじゃないかと言う。だって、すごくきれいな色だろ、と兄はつぶやく。

おまけにすべすべだ。兄に言わせれば、幾何学のなかでもっとも美しい立体らしい。兄は語りはじめる。なにかの用で両親が二人とも家にいないとき、俺はいつも家じゅうの物を見てまわってたんだ。ナイトテーブルの親父の側の引き出しでコンドーム、お袋の側で潤滑ゼリーを見つけたこともあった。なんていやらしい。思わず口をついて出た自分の言葉に、私は恥ずかしくなる。四十五にもなり、それなりの人数の男や女と付き合ってきたくせに、親のセックスに嫌悪を抱くなんて。私は引きつった笑いを浮かべる。すると、兄が不安そうに私の指先を見る。やめておこう。おまえ、手が震えてるぞ。素直な思いやりのにじみ出た口調が、私を驚かせる。兄が私の手からキューブを取りあげると、さっさと脚立をのぼりはじめ、棚に戻しかけたので、私は怒る。バカな真似はやめて。おりてきてよ。私に見せたいものがあったんでしょ？　兄は脚立の上で動きをとめ、ためらっていたが、やがて話しはじめる。これは箱になってるんだ。この面を押すと蓋が開く仕掛けだ。そして実際に押してみせる。すると、本当にキューブの蓋が開く。六面体を振ると、何枚ものポラロイド写真が床に散乱した。

私はかがんでそれを拾い集める。どの写真にも、私も兄もよく知っている人が写っている。私たちが知っているその人も、写真のままに幸せに満ちた顔をしていた。ある朝、ローマの閑静な住宅街でじっと身体を縮めていた私たち――私と兄と母――の頭のなかに、有無を言わさず入り込んできたのだった。はるばるナポリからやってきた私たちは、恐ろしい灰色の雲のなかにいて、ほかでもなく彼女を待っていた。母が言った。あの門からパパと一緒に出てくるから、ここで待つの。その言葉どおり、父とその若い女性が門から出てくると――寄り添った二人の姿は本当にきれいで、輝いていた――、母は私たちに言った。ご覧なさい。パパったら、あんなに嬉しそうな顔をしちゃって。あの人がリディアよ。あの女の人のために、パパは私たちを捨てたの。リディア。その名前は、いまだに獣のように私に咬みつく。母の口からその名が発せられるたびに、母の絶望が私たちのものとなり、まるで三人で一つの身体を共有しているように感じられたのだ。そのとき、目の前の若い女性を注意深く観察していた私の周囲で、それまでは自分もその一部だったはずの単一の有機体が崩壊した。私は子ども心にこんなふうに思っていたのだ。なんてきれいな女の人なんだろう。色だってあんなに鮮やかだ。大人になったら、あの人みたいになりたい。そして、すぐさま自分の考えに罪悪感を覚えた。いまだに感じている。おそらくこの罪悪感は一生消えないだろう。母のようにはなるものかと思った時点で、私は母を裏切ったのだと自覚していた。あのとき、もしも私に勇気があったなら、こう叫んだだろう。パパ！　リディア！　私も一緒にお散歩へ連れてって。ママと一緒にはいたくない。ママは怖いの。それなのに、いまこの瞬間、母が、そして自分自身が惨めでたまらなくなる。ヌード姿のリディアは、まばゆいほどに美しい。私も母もこんなふうに美しかったことは一度もなかった。内緒でしまわれていた何枚もの写真の存在が、それを物語っている。父はリディアから片時たりとも離れなかったのだ。そんなことできるわけがない。ずっと、心の奥にひそかにしまいこみ、私たちの家のなかに隠し持っていたのだ。確かに帰ってはきたけれど、父の心は私たちからとっくに離れていた。私は、目の前の写真のリディアよりもはるかに年をとり、耐えがたい苦悩に苛まれていた当時の母の齢《よわい》をも越したいま、彼女の姿を改めて見せつけられて、これまでにない激しい屈辱を覚えた。

「兄さんはこの写真のこと、いつから知ってるの？」脚立からおりてきた兄に尋ねる。

「三十年ぐらい前からかな」

「どうしてお母さんに見せなかったの？」

「さあ、わからない」

「私にはなんで見せてくれなかったの？」

兄は肩をすくめる。私のためを思ってしたことだけど、いまさらそれを理解してもらおうとは思わないとでも言いたいのだろう。皮肉が私の口をついて出る。

「兄さんはなんていい人なのかしら。お父さんも兄さんも、やたら女には優しいんだから。あなたたちの人生の最大の目的は三つ。女を抱くこと。女を護ること。そして女を傷つけること」

9

サンドロは頭を振り、私の体調を気遣う言葉をぼそっと言う。元気よ、と私。こんなに調子がいいのは久しぶりだ。ラベスの名前のことを兄に話せたし、兄は青いキューブの秘密を教えてくれた。これで二人とも、前より父のことをよく知っている。なんという人なんだろう。絶対に逆らわず、いつだって、はい、はいと母の言うなりだ。私は、父を顎で使う母のことも、抗いもせずに邪険にされている父のことも、忌み嫌ってきた。母の理不尽から私たちを護るために指一本動かそうとしなかった父を恨んでもきた。パパ、必要なものがあるんだけどと言っても、ママに頼みなさいの一点張り。母が駄目と言えば、もうどうすることもできなかった。

私はポラロイド写真を一枚いちまいじっくり眺めては、床に落としていく。

「兄さんが知っていて私の知らないことって、ほかになにがあるの？」

兄は辛抱強く写真を拾い集めている。

「親父についてはこれだけだ。でも家探しをすれば、ほかにもなにか見つかると思う」

「お母さんのことは？」

渋々ながらも、兄はいくつか疑いを抱いていることを認める。母にも愛人がいたと確信しているらしい。口だけじゃなくて証拠を見せて、と私は言う。証拠なんて、探す気になれば、いくらでも出てくるさ、と兄。そして、何年ものあいだ、母とナダールの仲を疑ってきたと打ち明けた。ナダールですって？　思わず笑い声が上ずる。そんなこと考えたくもない。お母さんが、あの不細工なナダールと？　名前からして滑稽だ。それでも兄には確信があるらしい。たぶん一九八五年のことだったと思う。おまえは十六で、俺が二十歳の頃だ。それで、お母さんは何歳だったの？　私は尋ねた。暗算は昔から苦手だった。兄は即答する。四十七だよ。いまの俺より二つ若くて、おまえより二つ上だ。で、ナダールは？　さあ、六十二ぐらい？　嘘でしょう。私は叫ぶ。四十七と六十二？　それからもう一度笑い、納得できずに首を振る。なんて気色悪いの。信じられない。

それでも兄は譲らない。これまでもずっとそう確信してきたらしい。周囲を見まわしながら言う。探せばそのうちになにか出てくるよ。ナダールじゃないとしたら、別の誰かだ。花瓶のなかや本のページのあいだに証拠が隠されてるはずだ。あるいはパソコンのなかとかな。兄は証拠が見つかりそうな場所をいくつも列挙する。私は生まれて初めて、好奇心を持って家のなかのものを見渡した。父と母の気配が感じられる。静まり返った部屋のなかに、確かに両親がいる。一緒にいるはずなのに、互いに距離をおいて。兄の小声が聞こえてくる。お互いに隠れて行動しながら、相手にいつバレるかという恐怖につねに怯えていたんだ。そう言うと、たいした理由もないのに兄の目がうるむ。兄は普段から、泣くことを恥とは思わないと公言していた。小説を読んでいた兄に、どうだったかと尋ねると、泣けたよ、と答える。観た映画の感想を求めても、おなじだ。このときの兄も、いきなり涙をこぼしはじめ、いましがた私が泣いたよりもたくさん泣いた。兄はいつだって度を越すきらいがある。慰めたくて、私は兄を隣に座らせてしばらく抱きしめる。行き場を失ったラベスがみゃあみゃあと抗議する。もしかすると、私は兄にきつく当たりすぎていたのかもしれない。私よりも年上の分、兄には多くの記憶がある。両親の不和から生じたいざこざは、兄がいったん受けとめてから、私の身に振りかかっていたのだ。もしかすると、本当に妹を護りたい一心で、衝撃を和らげてくれていたのかもしれない。私は兄の耳もとでささやく。ねえ、もう泣くのはやめて。ちょっと楽しいことをしない？　なにもかも暴いてやるの。

10

それからの数時間はすこぶる爽快だった。おそらく、この家で過ごしたなかで、もっともさわやかな時間だったろう。私たちは、部屋から部屋へと家じゅうの物を引っくり返してまわった。最初のうちは、楽しそうに後をついて歩くラベスと一緒に、両親のつくり出した秩序を崩すにとどめていた。それがやがてエスカレートし、手当り次第に物を破壊しはじめた。暑さは増すばかりで、私は汗だくだった。しばらくすると疲れ果てたので、兄に声を掛けた。もうこのへんでやめにしようよ。ところが兄は、手を休めようとしないばかりか、ますますむきになった。そこで私は、椅子を持ってリビングのバルコニーへ行き、座った。すると嬉しいことに、兄のところから避難してきたラベスも隣に来た。抱きあげると、私はしばらく猫に語りかけた。頭のなかは空っぽで、それまでとり憑かれていた、マンションを売るように両親を説得しなければという考えすらも消えていた。我ながら、なんて突拍子もないことを思いついたのだろう。サンドロもバルコニーにやってきた。シャツを脱いでいる。お父さんに瓜二つだ。私は胸の内でそう思った。兄は笑いながら私を見た。

「なんだよ」

「私はもうこれで十分」

「帰ろうか」

「ええ。ラベスが私と一緒に来たいって」

兄は眉をひそめた。

「それはよそう。いくらなんでもやり過ぎだ」

「いいえ、そうする。私が連れて帰る」

「だったら、お袋にメモを置いていけ」

「置いてかない」

「じゃあ、お袋が戻ったらすぐに電話をしろ」

「するわけないでしょ」

「お袋が悲しむ」

「ラベスは喜んでる。ほら、見て。すごく気持ちよさそう」

訳者あとがき

一見どこにいてもおかしくなさそうな、夫、妻、息子、娘（そして猫が一匹）の四人家族だが、四方を壁に囲まれた家の内側をのぞいてみると、そこには深淵があり、四人が各々の苦悩を抱えている。その一人ひとりに声を与え、不満や憤懣、屈辱や嫉妬といった鬱屈した感情を解き放ち、彼らを「家族」という枠にとどめておくものはなにかを問いかけたのが、本書『靴ひも』だ。

「家族について語ること、夫婦について語ることは、実のところ、人間がおかれた状況のあらゆる素晴らしさと、あらゆる恐ろしさについて語ることを意味するのです」（ドメニコ・スタルノーネ）

著者の関心は、結婚生活の破綻そのものではなく、一度破綻した夫婦が再生するということは、なにを意味するのかという点にある。たとえ夫婦としての体裁を表面的にとりつくろうことができたとしても、いったんもつれた感情は複雑に絡み合い、夫婦間だけでなく、子どもたちにも、修復不能な禍根を残す。一方で、家族のあいだには、得てして本人たちは自覚もしていないような結びつきがあることも事実だ。

「ねえ、お兄ちゃんに靴ひもの結び方を教えたって本当？」

私はうろたえた。サンドロに靴ひもの結び方を教えたことがあっただろうか。思い出せなかった。そのときふと、〔略〕子どもたちを他人のように感じるのはなにも驚くに値しないと思い至った。もともと私は、二人のことをどこか他人のように感じていたのだから。

本書は、イタリアの熟練作家ドメニコ・スタルノーネによって、名門出版社であるエイナウディから二〇一四年に刊行された作品だ。原題の *Lacci* は、本書では「靴ひも」という意味で用いられているが、結んだり、つなぎとめたり、捕まえたりするための縄や紐やリボンなどを広く指す言葉であり、そこから転じて、罠や絆、結びつきといった意味がこめられることもある。

話者も形式も文体もまったく異なる三つの短い書物（著者は、ほかでもなく「本」を意味する libro という単語を用いている）が互いに密接につながり、呼応し合いながら、ひとつの長篇小説を形成している。

「第一の書」は、妻のヴァンダが夫に宛てた九通の手紙。冒頭から、まだ幼い子どもが二人いるのに、なんの説明もなく家を出ていき、別の女性と暮らしているらしい夫に対する激しい怒りがストレートにぶつけられる。緩急をまじえながら畳みかけてくる文面により、読者はこの夫婦の危機がただならぬ状況にあることを知る。

「第二の書」は、老齢に達した夫アルドが、五十年にわたる妻との生活を振り返るモノローグ。第一の書とは一転して、内省的なアルドは、まるで精神分析医を前にしているかのように、来し方、とりわけ妻が第一の書を認《したた》めた時期における自らの行動を回想する。

「第三の書」の語り手は、四十代半ばになった娘のアンナ。兄のサンドロとの短く投げやりな会話を挿みながら、わずか数時間の「いま」を描写しているだけなのだが、第一の書、第二の書を通じて読者が胸の内で抱いたヴァンダやアルドに対する共感も反感も、一気に覆すほどの破壊力を持っている。

　書簡体、独白体、テンポの速い描写話法と、それぞれの書ごとに効果的な形式が使い分けられているだけでなく、語り手の心境に合わせて筆致が見事にチューニングされている。たとえば、抑制的な短文の羅列はヴァンダの理性を強調するものだし、アルドの思考を追うときには、シンタックスが複雑に入り組み、蛇行する。

　考え抜かれたプロットは驚くほど緻密で隙がない。三つの書を合わせて読むことによって、一家の構成員である四人各々から見た家族の五十年の歩みが炙り出されていくのだが、各書のあいだには共通した時間軸がないため、対話が成り立たない。それが、すれ違いの埋め難さをいっそう際立たせている。妻ヴァンダの手紙に対し、夫のアルドには、彼なりの言い分も歩み寄りもあるものの、長い歳月が二人を隔てているうえ、あくまで心の内で答えているだけで、その声が妻に届けられることはないのだ。子どもたちの声も同様に、直接両親には向けられず、どこまでも一方通行だ。夫が家から出る原因となった愛人のリディアも登場するが、家族それぞれの視点からの印象が語られるだけで、彼女自身は声を持たない。

一方、過去を語るうえで大きな役割を果たしているのが、手紙の束、本、メモ、新聞の切り抜き、写真、辞書、キューブといった、家のなかにしまわれていたおびただしい数の物たちだ。秩序立って置かれているように見える物の下には、家族の感情がマグマのように渦巻いていた。

結論は用意されておらず、いきなり断ち切られたフィナーレにより、いくつもの問いが読者に投げかけられる。

＊

著者のドメニコ・スタルノーネは、一九四三年、イタリアのナポリに生まれた。現在はローマに暮らし、作家としてだけでなく、ジャーナリストや脚本家として、多方面で活躍している。フィクションだけで二十タイトル以上の著作があり、英語やフランス語をはじめ、多くの外国語に翻訳されている。

長年、高校で国語の教師として働きながら、左翼系の独立紙「イル・マニフェスト」の文化面の執筆に携わっていた。一九八五年から八六年にかけて、教師としての経験をもとに同紙で連載した日誌形式のコラムが評判となり、八七年に『教壇から〔*Ex cattedra*〕』というタイトルで刊行されたのが、作家としての実質的なデビューとなる。その後も、『出席簿外〔*Fuori registro*〕』（一九九一年）、『質問されたときだけ〔*Solo se interrogato*〕』（一九九五年）など、教育現場を舞台とした作品を次々に発表。一九九五年に『教壇から』がダニエーレ・ルケッティ監督によって、一九九七年には『質問されたときだけ』がリッカルド・ミラーニ監督によってそれぞれ映画化されたことにより、より広い層の支持を得るようになる。

そんなスタルノーネの転機となったのが、二〇〇一年に発表した四百ページの大作、『ジェミト通り〔*Via Gemito*〕』だ。生まれ故郷のナポリを舞台に、画家になる夢をあきらめ、自分の人生がうまくいかないのは家族のせいだと思い込んでいる暴力的で身勝手な父親を、息子の視点から綴った自伝的な小説で、イタリアの文学界でもっとも権威のある《ストレーガ賞》のほか、《ナポリ賞》などを受賞した。以降、彼の小説のテーマは、学校から家族へと移っていく。二〇一一年に発表した『アリスティデ・ガンビーアの性遍歴〔*Autobiografia erotica di Aristide Gambía*〕』では、三度結婚し、三度とも失敗した男が、自らの性を赤裸々に語ることを通して、当時の文化的風潮や家族観を浮かびあがらせた。

スタルノーネは、あるインタビューで次のように述べている。

「『ジェミト通り』で私は、一九四〇年代に結婚したある家族について語ることを試みました。次いで『アリスティデ・ガンビーアの性遍歴』では、一九五〇年代以降の性の革命が、夫婦や家族という制度にどのような影響を与えたかについて語ろうと思いました。『靴ひも』は、この一連の試みの、いわば到達点ともいえます。二十世紀後半の小市民階級の家族が、いかに時代の変化にぶち当たり、崩れ、再生し、形を変え、最終的には夫婦にも子どもたちにも憤懣を残すまでに歪んでいくかを語りたかったのです」

アルドとヴァンダが結婚したのは一九六〇年代の初頭だが、当時イタリアではまだ離婚が認められていなかった。つまり、二人にとって結婚は、「永遠の愛」を約束するはずのものだったのだ。とかく恋愛において奔放なイメージのあるイタリアだが、戦後もカトリック教国としての伝統が根強く残り、正式に離婚を認める法律が成立したのは一九七〇年になってからだ。性の解放が声高に叫ばれるのもこの時期にあたり、それまで社会的な諸制度によって抑圧されていたものが一気に解き放たれたため、その振り幅が大きく、様々なひずみが生じていた。アルドの、妻に対する開き直りの背景には、こうした文化的風潮もあるのだろう。

＊

本書は、二〇一四年、優れたイタリアの小説に贈られる米国の《ブリッジ賞》に選ばれた。この賞を受賞した作品は、ヨーロッパ・エディションズ社から英訳されることが約束されている。その際、著者自らが翻訳者としてラブコールを送ったのが、インド系アメリカ人の作家で、現在はイタリアで暮らすジュンパ・ラヒリだ。ラヒリ自身、本書を読んだとたんにすっかり「恋に落ち」、いつか翻訳したいという思いに駆られたと明かしている。イタリアに移り住んで以来、「イタリア語にどっぷりと浸っていた。私を大きく特徴づけている言語（英語）と国（アメリカ）からの自主亡命を選んで、嬉々としていたのだ」というラヒリに、ふたたび英語と向き合う決心をさせるほど、この本を読んだ衝撃は大きかったということだ。二〇一七年、英訳が米国で刊行されるや、「ニューヨーク・タイムズ」紙の〈注目の本〉に選ばれるなど高く評価され、現時点で三十か国以上への翻訳が決まっている。

「この小説は〔略〕、どんなジャンルやカテゴリーにも属さない。巧みなミステリーでもあり、過ちの喜劇でもあり、ホームドラマでもあり、悲劇でもある。性の革命、女性解放、合理的あるいは不合理な衝動に対する、鋭い論評だと言うこともできるだろう。比率の完

璧な立方体のようなもので、くるりとひっくり返せば、別の面が現われる」（ジュンパ・ラヒリ）

『靴ひも』の英語版に寄せた序文で、ラヒリはスタルノーネの作家としての力量を次のように述べている。

「私のアメリカ人の友達で、イタリア語からの翻訳家仲間でもあるマイケル・ムーアは、スタルノーネはナポリの方言を喋りながら育ち、イタリア語で書くことはあとから身につけた人なので〔略〕、今日のイタリア作家でも数少ない、汚染されていないイタリア語を書くと言っていた。私のイタリアの作家の友人たちも、透明感があり、細かいニュアンスを書きわける、洗練された彼の文体を絶賛する。私もおなじ意見だ。彼の文章には独特のリズムがあり、語彙を自在に操り、いっさいの流行に左右されることがない」

本書に続いてスタルノーネが発表した、祖父と四歳の孫との三日間の攻防を描いた『悪ふざけ〔*Sherzetto*〕』（二〇一六年）も、おなじくジュンパ・ラヒリによって英訳され、二〇一九年のPEN翻訳賞にノミネートされている。

＊

初めてこの本を読んだとき、わたしは打ちのめされた。原書にして百四十ページにも満たない小説のなかに、「家族」という、一筋縄ではつかみきれないが、決して逃れることもできないものの本質が凝縮されているような気がしたからだ。同時に、読んでいるあいだじゅう居心地の悪さを覚えた。それはおそらく、自分がこれまで目を背け続けてきたものがそこにあったからだろう。

アンナとサンドロが踏み出した一歩が、この家族の希望へとつながるものであることを願わずにはいられない。

本書の刊行にあたっては、新潮社出版部の須貝利恵子さん、前田誠一さんのお世話になった。また、同社校閲部の方にも大変細かなフォローをしていただいた。そのほかイタリア語に関する訳者の疑問に答えてくれた友人たちや、さまざまな形で翻訳作業を支えてくださった皆さんに心より感謝したい。ありがとうございました。

二〇一九年初秋

関口英子

Lacci

Domenico Starnone

靴《くつ》ひも

著 者

ドメニコ・スタルノーネ

訳 者

関口英子

発 行

2019年 11月 25日

2 刷

2020年 8月 20日

発行者　佐藤隆信

発行所　株式会社新潮社

〒162-8711 東京都新宿区矢来町 71

電話 編集部 03-3266-5411

読者係 03-3266-5111

https://www.shinchosha.co.jp

印刷所

株式会社精興社

製本所

大口製本印刷株式会社

乱丁・落丁本は、ご面倒ですが小社読者係宛お送り下さい。

送料小社負担にてお取替えいたします。

価格はカバーに表示してあります。

ISBN978-4-10-590161-5 C0397

わたしのいるところ

Dove mi trovo
Jhumpa Lahiri

ジュンパ・ラヒリ
中嶋浩郎訳

通りで、本屋で、バールで、仕事場で……。
ローマと思しき町に暮らす独身女性の
なじみの場所にちりばめられた孤独、彼女の
旅立ちの物語。ラヒリのイタリア語初長篇。

CREST BOOKS

べつの言葉で

In Altre Parole
Jhumpa Lahiri

ジュンパ・ラヒリ
中嶋浩郎訳

40歳を過ぎて経験する新しいこと――。
夫と息子二人とともにNYからローマに
移り住んだ作家が、自ら選んだイタリア語で
綴る「文学と人生」。初めてのエッセイ集。

CREST BOOKS

ふたつの海のあいだで

Tra due mari
Carmine Abate

カルミネ・アバーテ
関口英子訳

イタリア南部にかつて存在した《いちじくの館》。
焼失したこの伝説の宿の来歴を
数世代にわたる登場人物の声により説き明かす、
土地に根ざした生気あふれる物語。

CREST BOOKS

帰れない山

Le otto montagne
Paolo Cognetti

パオロ・コニェッティ
関口英子訳

山がすべてを教えてくれた。
北イタリアのアルプス山麓を舞台に、本当の居場所を
求めて彷徨う二人の男の葛藤と友情を描く。
世界39言語に翻訳されている国際的ベストセラー。

CREST BOOKS

ファミリー・ライフ

Family Life
Akhil Sharma

アキール・シャルマ
小野正嗣訳

アメリカに渡ったインド系移民一家の日常が、
プール事故で暗転する。
意識が戻らぬ兄、介護に疲弊する両親。
痛切な愛情と祈りにあふれたフォリオ賞受賞作。

CREST BOOKS